rowohlt
HUNDERT AUGEN

Kathrin Weßling

SONNENHANG

Roman

Rowohlt Hundert Augen

Originalausgabe
Veröffentlicht im Rowohlt Verlag, Hamburg, Februar 2025

Satz aus der Kis Antiqua Now bei CPI books GmbH, Leck
Druck und Bindung GGP Media GmbH, Pößneck
ISBN 978-3-498-00391-3
Kontaktadresse nach EU-Produktsicherheitsverordnung:
produktsicherheit@rowohlt.de

Für meine Mama. Heute weiß ich,
was du alles für uns getan hast.

I

«Ihr einziges Hobby ist, schwanger zu sein, die weiß gar nicht, was sie ist, wenn sie nicht schwanger ist», denkt sie und klickt sich durch die Story der Ehefrau von irgend wem. Es wird gebacken und aufgeräumt, dekoriert und gebastelt, alles wie in den 50ern, aber mit Insta-Filter, und an der Wand hängt eine dieser Boho-Webereien mit Fransen. Sie hasst diese Frau und sie hasst all diese *Wifey*-Accounts, in denen alle ständig schwanger sind und nie jemand irgendwas hasst, außer mit dem Kinderwagen über Kopfsteinpflaster fahren zu müssen oder all die anderen Dinge, aus denen man Info Posts auf Instagram machen kann oder eine Kolumne schreiben. In Wahrheit ist sie natürlich schrecklich neidisch und fragt sich, wann, *wann* nur sie nun endlich dran ist, auch wenn sie sich das die meiste Zeit nicht einmal selbst eingesteht, weil das schon auch irgendwie peinlich ist, sich so abhängig zu machen von einem Mann.

Ihr Wecker klingelt um Viertel vor neun. Und um zehn vor neun und acht vor neun und fünf vor neun und neun Uhr und halb zehn und dann noch mal um zehn und sie weiß jetzt schon, dass sie so gegen halb elf im

Bad stehen und sich fragen wird, wie das denn nun schon wieder passieren konnte. Seit dieser ärgerlichen weltweiten Sache arbeitet sie im Homeoffice und weil das nur halbtags und freiberuflich ist, teilt sie sich die Zeit selbst ein, was bedeutet, dass sie meistens zwischen halb elf und elf am Schreibtisch sitzt und dann bis abends ohne Pause durcharbeitet, dafür aber nur einen halben Tag berechnet, weil sie insgeheim froh ist, dass sie acht bis neun Stunden nicht den Teil ihres Gehirns benutzen muss, der noch imstande ist, etwas zu fühlen.

Zwischendurch streichelt sie Kasper und schickt Johanna Nachrichten bei Telegram, in denen sie über die Kollegen und Kolleginnen ablästert, wie immer, und Johanna beschwert sich dann über die ganze Welt, wie immer, und über das Muttersein im Allgemeinen und Katharina versucht, ihr nicht böse zu sein, obwohl sie oft neidisch ist auf Johanna und ihre kleine Familie, in der alles sehr chaotisch ist, aber kein bisschen besser, als es in Katharinas Familie der Fall wäre. Jedes Mal, wenn Katharina Johannas Sohn auf dem Arm hat, hofft sie, dass er sich nicht in die Hose macht, weil sie sich übergeben würde, wenn sie das riechen müsste. Aber ansonsten liebt sie Kinder und die Kinder lieben sie, das bisschen Scheiße wird sie wohl nicht daran hindern, eine gute Mutter zu sein. Sie raucht die zehnte Zigarette, morgen wird sie wieder einmal damit aufhören, es ist Juni und der Sommer ist grotesk heiß und sie kann schon seit Wochen nicht schlafen, weil die Hitze einfach nicht aus der Stadt verschwinden will. Sie fühlt sich überreizt, ständig schwitzt sie und ist am Tag launisch und in der Nacht schlaflos, hängt ihren hässlichen Träumen nach, die sie quälen, seit sie hierhergezogen ist, seit sie diesen Fehler gemacht hat, Fehler Nummer drei. Sie weiß nicht, wie viele wirklich große Fehler man sich im Leben erlauben darf, bis wirklich endgültig alles so unleugbar falsch gelaufen ist, dass man einsehen muss, dass man das Leben falsch gelebt hat, dass man versagt hat, verzagt ist am Am-Leben-Sein. Sie fragt sich aber auch, ob überhaupt jemand Normales jemals sagt: Ja, da habe ich mein Leben leider wirklich komplett an die Wand gefahren, schade. Natürlich sagen das manche, aber sagen das auch ganz gewöhnliche Leute wie Katharina? Welche, die keine riesigen Verluste, keine Morde, keine Biografie des Schreckens hinter sich oder sie ausgelöst haben?

Die meisten Menschen bereuen auf dem Sterbebett bekanntlich, dass sie zu viel gearbeitet haben, das kann Katharina nicht passieren. Solange sie arbeiten kann, geht es ihr gut. Sie hat diese unerfreuliche Sache damals mit dem Marketing-Studium hinter sich gebracht, hat sich gegen die Volontärin durchgesetzt und jahrelang in diesem Großkonzern gearbeitet, der alles für alle herstellt, hat sich trotz Stefan, diesem unangenehmen Beuteltier, der ständig zugekokst war und dann mit Sonnenbrille ins Meeting kam, hochgearbeitet, an ihm vorbei, sie wurde ein besserer Stefan, ein besserer Christian und als sie mit dreiunddreißig feststellte, dass sie keine Lust mehr hatte, auch noch ein besserer Torsten zu werden, hatte sie sich schließlich selbstständig gemacht als Beraterin. Seitdem arbeitet sie sehr wenig für sehr viel Geld. Ihr Job ist ihr im Grunde egal, aber die allermeisten Kolleginnen und Kollegen sind nett, sie hat das gute Gefühl am Ende eines jeden Tages, sehr viel dafür getan zu haben, dass das Unternehmen noch mehr Geld verdient als ohnehin schon, und sie selbst checkt jeden Abend ihren Kontostand, zufrieden und wohlig im Wissen darum, dass sie als achtunddreißigjährige Singlefrau in der großen Stadt wunderbar für sich selbst sorgen kann. Ihre ETF-Investitionen und ihre Aktien sichern sie ab, sie muss sich wirklich keine Sorgen machen, wie schön. Abgesehen von Dingen wie fehlende Selbstfürsorge selbstverständlich. Denn sie trinkt zu viel und schläft zu schlecht, sie raucht ständig und isst den halben Tag nichts, um am Abend dann einen Eimer Kartoffelpüree mit Erbsen und einem Päckchen Fertig-Bratensoße vor einer Datingshow ihrer Wahl auf einem Privatsender ihrer Wahl in sich hineinzuschlingen, bis nicht mehr nur das Herz, sondern auch der Körper endlich betäubt sind. Dass sie oft hustet oder ihre Periode übermäßig stark geworden war, beschäftigt sie in den Momenten, in denen sie die unangenehme Stille spüren muss, die nur Menschen kennen, die immer dafür sorgen, dass es laut ist um sie herum. An einem Sonntag im März war es zum letzten Mal sehr still in und um Katharina und sie machte unverzüglich Termine bei Ärztinnen und Ärzten aus, danach klickte sie sich durch YouTube-Videos und spielte nebenbei auf ihrem Telefon ein Kartenspiel, das sie beruhigte, weil sie immer gewann und wenn nicht, dann war es Kartenpech oder Unkonzentriertheit. In Wahrheit war sie nicht ruhiger, sondern gestresster, sie hatte lediglich verstanden, dass Manie und Lärm den Teil in ihr verdeckten, den sie unter einer Menge Geschäftigkeit zu verbergen gelernt hatte. Wenn die Gedanken rasten, überfuhren sie alle Gefühle, und das war wirklich sehr angenehm, fand Katharina.

Heute ist der Tag, an dem sie nun zu ihrer Gynäkologin muss, eine alte, gehässige Frau, die Katharina bei ihrem ersten Besuch vor drei Jahren mit den Worten begrüßte: «Hoffentlich nicht wieder eine, die noch schwanger werden will.» Katharina hatte sich verkniffen zu sagen: «Doch, hier bin ich, Überraschung!», und nur gelacht und gesagt, dass das in ihrem Alter ja eh vollkommen blöd wäre, also bitte. Die Ärztin hatte zufrieden genickt und Katharina hatte das keinen idealen Anfang für eine Beziehung gefunden, in der ein Part gleich mit einem sehr langen Ultraschallstab in sie eindringen würde, aber in dieser Stadt war man schon froh, wenn die Person am Telefon nicht sofort auflegte oder in schallendes Gelächter ausbrach, wenn man sagte, dass man noch keine Bestandspatientin war.

Bei Slack hat Katharina natürlich Bescheid gesagt, vor einer Woche und vor drei Tagen und heute gleich noch zweimal, dass sie zum Arzt müsse, sie hatte das sehr kryptisch gehalten, aber es hätte ohnehin niemand nachgefragt. Sie hatte seit Wochen ein schlechtes Gewissen wegen des Termins innerhalb ihrer fünfzig Stunden Erreichbarkeit. Deshalb fährt sie mit dem Uber zur Praxis am Ku'damm, damit sie unterwegs in Ruhe Mails beantworten und Befehle schicken kann. Kurz bevor die Trennung von Schnittlauch, ihrem Ex-Freund, endgültig war, hatte sie eine leichte Panik verspürt, dass sie von ihm schwanger sein könnte. Aber zwei Tests hatten sie beruhigt und dann hatte die Trennung ohnehin allen Raum eingenommen und sie hatte von Monat zu Monat stärkere Blutungen bekommen, die Schmerzen waren teilweise unerträglich gewesen und sie wusste, dass etwas nicht stimmte. Sie hatte sich so in Arbeit gestürzt, dass sie es meistens verdrängt hatte, aber zu den monatlichen starken Krämpfen und Blutungen und einer daraus folgenden nicht unerheblichen Blutarmut waren mittlerweile auch andere Symptome hinzugekommen, sie konnte sich ein Leben ohne ständige Schmerzen und Blasenentzündungen kaum noch vorstellen.

Der Uber-Fahrer dreht die Musik lauter und fragt sie, ob es okay sei, natürlich sagt sie «Ja klar», sie hat so einen Riesenrespekt vor diesem Job, sie gibt immer fünf Sterne und lächerlich viel Trinkgeld, der Fahrer könnte auch laut singen oder andere Autofahrer erst rammen und dann anschreien, sie würde immer noch Verständnis haben und ihm fünf Euro mehr in die Hand drücken. Der Fahrer erzählt von seiner Familie, dem todkranken Vater, über dessen tatsächlichen Zustand aber nur er und eine Schwester Bescheid wüssten. «Und ich», denkt sie und sagt: «Das muss sehr schwer für Sie sein.» Sie weiß nicht, ob er ihr die Geschichte erzählt, um mehr Trinkgeld zu bekommen, aber er kommt ihr ehrlich vor und am Ende ist es ihr egal, auch eine gute Geschichte ist ehrliche Arbeit. Er lässt sie an der Ecke raus und sie gibt fünf Euro Trinkgeld, er wünscht ihr Gesundheit und sie ihm Frieden, keine Ahnung, warum ausgerechnet «Frieden», was für ein merkwürdiger Wunsch.

Dann betritt sie das Treppenhaus, von dem sie schon weiß, dass der Fahrstuhl wie immer kaputt ist, aber selbst, wenn er funktionierte, würde sie die zwei Stockwerke zu Fuß gehen, denn sie ist eine, die allen immer alles beweisen will, auch, dass sie nicht außer Atem ist, wenn sie zwei Stockwerke nach oben geht oder drei oder fünf. Niemals außer Atem und sich möglichst wenig selbst hinterfragen, dann schafft man es bis ganz nach oben, ohne dass jemand jemals merkt, wie müde man ist. Oben angekommen ist sie natürlich vollkommen fertig, die Zigaretten, jaja, und das letzte Mal beim Sport war sie vor einem Jahr, aber natürlich ist sie noch Mitglied im Fitnessclub, denn solange man nicht kündigt, hat man wenigstens noch vor, hinzugehen.

Im Wartezimmer sitzen drei schwangere Frauen, zwei in Begleitung von Männern, ein Echokardiogramm pocht aus dem Nebenraum. Lustig, denkt Katharina, man hört einen Menschen, der in einem anderen Menschen herumliegt und den niemand sehen kann, aber alle freuen sich auf ihn und er selbst weiß noch gar nichts von sich. Die Frauen streicheln die ganze Zeit ihre Bäuche und starren gedankenverloren vor sich hin, Katharina verspürt den Wunsch, auch über so einen Bauch zu streicheln, die harte, warme Haut zu spüren, unter der eine Alienmaschine einen neuen Menschen baut. Sie wird aufgerufen und betritt das Zimmer der Gynäkologin, die hinter ihrem Schreibtisch sitzt und etwas in ihren Laptop tippt. Als Katharina begonnen hatte, ihre Symptome zu googeln, hatte sie fast nur sehr beunruhigende Ergebnisse gefunden, die alle gar nicht gut klangen, und sich danach krank gefühlt, der Schlaf kam noch später als ohnehin schon, sie lag wach, die Uhr sprang auf zwei Uhr, auf drei Uhr, die Panik stieg in ihr hoch, was, wenn ich krank bin, ernsthaft krank, mein Herz rast doch in letzter Zeit so. Meistens schlief sie nicht mehr vor vier Uhr am Morgen ein, die Kiefer so fest aufeinandergepresst, dass ihr das ganze Gesicht am nächsten Tag wehtat und sie Migräne bekam. Sie hatte sich mit Arbeit abgelenkt, mit Problem-Dokus und welchen über Wale, beide endeten immer so traurig und handelten am Ende doch immer nur vom Sterben, wenigstens dachte sie kurz nicht an ihr eigenes, während es zwei Uhr wurde und drei Uhr und sie immer wieder auf ihr Handy sah, aber alles war besser als fühlen, sogar denken war besser und schlafen war am besten. Oft wachte sie auf und hatte schon Herzrasen, das Bett war nass geschwitzt, alles klamm, alles eklig, alles einfach falsch. Sie schaute sich regelmäßig YouTube-Tutorials an, in denen erklärt wurde, wie die Augenringe verschwinden, sie hatte vier verschiedene Concealer gekauft, aber die dunklen Schatten sah man trotzdem noch und dazu die kleinen Fältchen, die jetzt immer mehr wurden, sie fühlt sich alt und hässlich, wenn sie morgens in den Spiegel sieht, und zugenommen hat sie auch, es ist, als würde ihr Körper nicht mehr so richtig ihr gehören, ständig nervt der mit irgendwas und Katharina tut ihr Möglichstes, ihn zum Schweigen zu bringen, aber je wütender sie gegen ihn vorgeht, desto vehementer scheint der Körper sie für etwas bestrafen zu wollen, bloß für was, denkt sie, fürs Älterwerden? Für die Jahre voller Arbeit und Selbstvernachlässigung? Für den vielen Wein und die Zigaretten? Zwei Espresso aus dem teuren neuen Kaffeevollautomaten später vergisst sie dann jedes Mal alles wieder, sie verschwindet in der Arbeit, aber trinkt gewissenhaft zwei Liter Wasser nebenbei, weil das gegen die Augenringe helfen soll.

Sie würde der Ärztin gerne davon erzählen, aber sie traut sich kaum zu atmen und entschuldigt sich, als sie sich auf den ihr angebotenen Platz am Schreibtisch der Gynäkologin setzt. «Sorry», sagt sie, dabei hat sie gar nichts falsch gemacht, aber ihre bloße Existenz ist ihr schon unangenehm und sie ist ein bisschen wütend auf sich, denn sie hatte sich vorgenommen, sich dieses Jahr weniger zu entschuldigen, das machen nur Frauen, hatte sie gelesen, vermeintlich schwache Frauen, hatte der Autor geschrieben, die ihre Unsicherheit in vorauseilendem Gehorsam verstecken, erst mal direkt entschuldigen und die andere Person beschwichtigen, ich bin nicht der Feind, siehst du, ganz harmlos, Entschuldigung.

Die Ärztin bittet sie nach einem kurzen Gespräch,

sich untenherum freizumachen, und sie fragt sich in der kleinen Umkleide mitten im Zimmer wieder einmal, warum es dort einen Vorhang gibt, schließlich ist am Ausziehen selbst wirklich absolut nichts schlimmer, als danach halb nackt und breitbeinig im Stuhl zu liegen. Die Ärztin macht zuerst einen Abstrich und dann einen Ultraschall, der schrecklich lange dauert. Immer wieder markiert sie Bereiche auf dem Bildschirm und sieht besorgt aus, «Schwanger bin ich sicher nicht», versucht Katharina einen Witz, aber die Ärztin reagiert gar nicht darauf. Nach einer gefühlten Ewigkeit ist sie fertig, aus dem Ultraschallgerät sind in der Zwischenzeit sehr viele kleine Ausdrucke gekommen, Screenshots ihres Uterus. Katharina zieht sich an und betet, dass sie nicht wieder HPV hat, obwohl die Ergebnisse für den Abstrich ja sowieso noch auf sich warten lassen werden, aber das war schon einmal so gewesen und alle waren so ernst damals, Pap IIIp hatte man ihr gesagt und es war ein großes Theater gewesen, alle zwölf Wochen hatte sie einen Abstrich machen lassen müssen und sich schon als kinderlose Dreißigjährige gesehen, ohne Uterus, leider kaputt, ein Mängelexemplar. Aber dann hatten sich die Zellen wieder eingekriegt, nach neun Monaten war der Spuk vorbei gewesen und Katharina doch noch gerade so eine funktionstüchtige Frau geblieben, so hatte sie es empfunden, die alte Maschine war wiederhergestellt und immer noch bereit zum Reproduzieren.

Die Ärztin sieht angestrengt aus, sie beugt sich immer wieder über die Bilder, Katharina kann schwer sagen, wie alt sie wirklich ist, irgendwas zwischen sechzig und siebzig, sie wünscht ihr Letzteres, weil alles an ihr sagt, dass sie keinen Bock mehr auf den Scheiß hat, auf den Schleim und das Blut und das nervige Erklären immer, als gäbe es kein Google, aber gleichzeitig ist sich Katharina sicher, dass sie hinausgeschmissen würde, wenn sie jemals einen Satz in ihrer Nähe mit den Worten «Ich habe das gegoogelt» beginnen würde. Die Ärztin räuspert sich schließlich und dann sieht sie noch ernster als vorhin aus und sagt den Satz, der alles verändern wird: «Ich habe leider nicht so gute Neuigkeiten für Sie.»

Zwanzig Minuten später steht Katharina vor dem Behandlungszimmer, das Herz, es rast, es mischt sich mit dem Pochen des Echokardiogramms, sie geht betäubt am Tresen der MFA vorbei, sie sagt nicht Tschüs, sie geht einfach weiter und erst als sie auf der Straße steht, kommen die Tränen und das Herz, es pocht nicht mehr, es steht einfach still.

2

Es gibt tausend gute Gründe, das eigene Leben zu ändern, aber keiner davon sollte sein, dass der eigene Körper versagt. Vor allem nicht, wenn man erst achtunddreißig ist, denkt sie und tippt zum fünften Mal die Nachricht an den Kollegen, der immer alles fragt, statt ein einziges Mal selbst nachzusehen. Sie will nicht aggressiv und ungehalten sein, aber am liebsten würde sie «Fick dich und deine Faulheit immer, kannst du eigentlich irgendwas auch mal selbst rausfinden, immer muss ich deine Scheiße machen und du kriegst mit Sicherheit mehr Geld als ich, ich bin nicht deine verfickte Assistentin» schreiben, aber natürlich sagt sie: «Na klar suche ich dir das raus, kleinen Moment», und dann schickt sie ihm den Link. Sie schreibt Johanna eine Nachricht, Johanna antwortet sofort, sie kann gerade nicht, zu Hause ist viel los, die Kinder schreien rum, Katharina schickt ihr eine Sprachnachricht und erzählt trotzdem, was passiert ist, Johanna hört die Nachricht nicht ab. Der Wind drückt gegen das Fenster ihrer winzigen Wohnung, in der es immer dunkel ist und ab Herbst ständig zu kalt. Wenn sie in den Flur geht, hört sie die Nachbarin ein Stockwerk tiefer einen Song im Radio mitsingen, sie hat immer die Tür offen, früher dachte Katharina, das sei wegen des Durchzugs, weil das Haus so gebaut ist, dass es fast unmöglich ist zu lüften, außer man reißt die Wohnungstür weit auf und alle Fenster, dann, mit etwas Glück, kriegt man im Sommer ein laues Lüftchen ab in den stickigen Einzimmerwohnungen; und im Winter ist sie dann unentwegt damit beschäftigt, die Kälte draußen zu halten, es scheint, als wäre überall noch eine Ritze, noch ein kleines bisschen zu viel Platz, man kriegt die Wohnung nicht warm, die Wärme flieht wie die Berliner an Weihnachten aus der Stadt, die Kälte ist dafür überall und trotzdem lässt die Nachbarin ihre Wohnungstür einen Spalt breit offen, und Katharina denkt, das liegt daran, dass sie sich dann nicht so alleine fühlt, denn manchmal, wenn sie etwas beim Lieferdienst bestellt, denkt der arme Bote, dass er schon da ist, und läuft in die Wohnung der Nachbarin, dann ruft sie nicht «Huch» oder «Nein», sondern voller Freude Katharinas Namen durchs Treppenhaus und lacht dabei und Katharina ruft «Hallo, Frau Nachbarin!» und dann geht sie dem Boten entgegen, damit er ihre guten Absichten erkennt, auch wenn es eine sinnlose Tat ist, nur ein Symbol, nichts, was beiden nutzt, denn das Trinkgeld hat sie natürlich vergessen und dann müssen sie beide trotzdem hinauf, aber wenigstens zusammen.

Sie will seit ihrem Einzug hier ausziehen, denn die Wohnung ist zu klein für jemanden, der von zu Hause aus arbeitet, und die Nachbarn sind laut, diese Studenten auf der Dachterrasse, die ihr im Sommer den letzten Nerv rauben. Aber immer hat sie es vor sich hergeschoben, immer hat sie gedacht: Wenn ich den richtigen Mann treffe, dann ziehen wir zusammen in eine größere Wohnung, mit Balkon und Badewanne, nach Mitte vielleicht, da ist es ruhiger als im Wedding und sauberer, da kann man gut Kinder großziehen, da kann man sich eine Zukunft aufbauen. Seit sie vor sechs Jahren nach Berlin gezogen ist, denkt sie, dass alles nur ein Provisorium ist und sie bald ohnehin aufs Land zieht oder in den Prenzlauer Berg, was im Grunde fast das Gleiche ist. Seit sie hier ist, empfindet sie die große, laute Stadt als eine sehr anstrengende Aufgabe, die sie bewältigen muss, aber irgendwie weiß sie auch nicht, wohin sie sonst gehen soll, und die Arbeit macht ihr Spaß und ihre Freunde sind hier und eines Tages lernt sie auch den Mann kennen, mit dem sie sich dann das Leben aufbaut, das sie endlich richtig glücklich machen wird, und dann gründen sie eine Familie und alles fühlt sich gut an, jedenfalls besser als jetzt.

Die Nachrichten bei Slack verschwimmen vor ihren Augen, sie will nicht schon wieder weinen, gleich ist ein wichtiger Call und da sollte sie nicht mit roten, verquollenen Augen und zerlaufener Wimperntusche in die Kamera leiden, sie hat sich extra noch mal geschminkt, nachdem sie im Uber alles unter Rotz und Wasser gesetzt hatte, der Fahrer schaute immer wieder nervös in den Rückspiegel und sie entschuldigte sich immer und immer wieder, es tue ihr leid, es sei gleich besser, wirklich, kein Grund zur Panik, dabei bestand sie regelrecht aus Panik und wusste, dass gleich gar nichts besser oder auch nur gut sein würde, aber solange sie das dem Fahrer versicherte, sagte sie es irgendwie auch zu sich selbst, es wird alles wieder gut, alles nicht so schlimm, nix passiert.

Als er sie abgesetzt hatte vor dem Haus, waren ihr die Schlüssel in eine Pfütze gefallen, so zittrig war sie gewesen und Bian, die gerade eine Zigarette vor ihrem Nagelstudio rauchte, hatte sie neugierig gemustert und gefragt, ob alles in Ordnung sei, und sie hatte mit ihrem verheulten Gesicht gelacht und gesagt, dass alles super sei, komme bald mal wieder vorbei, die Nägel sehen echt wild aus, nur viel Stress, *haha*, und dann hatte sie endlich den verdammten Schlüssel ins Schloss bekommen und war in den Hausflur geflüchtet. Auf den Briefkästen lagen wie immer Sachen der Nachbarin, eine niemals endende Dauerausstellung der Dinge, die sie nicht mehr brauchte.

Katharina hatte schon einige Kuriositäten hier gesehen, eine ganze Sammlung von Peter-André-Schallplatten, fünf Packungen Mehl, eine kleine Dinosaurier-Bücher-Sammlung und einzelne Schuhe, die Sachen lagen immer ein paar Tage auf den Kästen und dann verschwanden sie und Katharina fragte sich jedes Mal, ob die beiden Hausmeister sie entfernt hatten oder jemand sie tatsächlich mitgenommen hatte. Sie konnte auch nicht mit Sicherheit sagen, ob die Sachen wirklich von der Nachbarin waren, ebenso wie der weiße Plastik-Tannenbaum, den jedes Jahr jemand aufstellt und niemand so genau weiß, wer ihn mit rotem Absperrband und lila Lametta schmückt. Aber all das gehört zu den Dingen, die ihr an diesem Haus gefallen, und sie fragt nicht nach, damit sie so bleiben, denn wenn man Wunder hinterfragt, verschwinden sie zu oft und dass alle paar Wochen neue erstaunliche Dinge im Hausflur auftauchen, die Katharina zum Lachen bringen, ist genug Wunder für diese Stadt, in der man nicht überlebt, wenn man aufhört zu staunen, dann stirbt man eigentlich sofort.

Als sie endlich in ihrer Wohnung angekommen war, hatte sie sich theatralisch an der Wohnungstür hinuntergleiten lassen, bis Kasper sich an sie geschmiegt und ihr auf den Schoß gekrochen war. Ihr Kater war eigentlich eine Katze, bloß hatten sie das alle zu spät gemerkt und dann hatte sie schon seit Monaten auf ihren Namen gehört und die Tierärztin und Katharina hatten es falsch gefunden, sie noch einmal umzubenennen, schließlich war Kasper ja keine neue Katze und *Geschlecht sowieso nur ein soziales Konstrukt*. Kasper war eigentlich ein totales Arschloch, sie interessierte sich weder für Katharina noch für sonst etwas außer dem ekligen Dosenfutter. Wenn Katharina weinte, ging Kasper einfach weg oder setzte sich ein paar Meter vor ihr auf den Boden, immer mit dem Rücken zu ihr, und schaute sich manchmal genervt nach ihr um, so als wolle sie sagen, dass sie als gute Katze natürlich für sie da war, aber eigentlich wirklich keinen Bock auf das Theater hatte. Heute schien das anders gewesen zu sein. Kasper hatte sich an sie gedrückt und fast war Katharina gar nicht mehr traurig gewesen, weil sie so überrascht und glücklich gewesen war, dass Kasper ihr einmal im Leben Zuneigung zeigte. Zum

Glück hatte Kasper dann einen ihrer ekelhaften Fürze losgelassen und Katharina hatte so gewürgt, dass Kasper genervt wieder in ihre Höhle verschwunden war, und so war alles wie immer und Katharina hatte sich einen Espresso gemacht und Slack geöffnet.

Beim Videocall mit den Kollegen lacht sie heute besonders laut über Sörens schlechte Witze, der gerade von Teneriffa erzählt und wie lustig diese Vogelsprache dort sei, und Katharina will sagen, dass die Pfeifsprache eigentlich nur auf La Gomera benutzt wird und dass das nicht «lustig», sondern ziemlich cool ist, aber heute fehlt ihr die Kraft dazu, heute will sie nicht einmal ihren liebsten Ort auf der ganzen Welt verteidigen, heute will sie einfach nur noch fertig werden und danach für immer schlafen können oder zumindest so lange, bis die Angst still ist.

Sie hört ohnehin nur halb zu, denn neben dem Browserfenster des Videocalls sind noch sieben andere geöffnet, zwischen denen sie hin und her klickt, Nachrichten beantwortet und Tabellen aktualisiert, und dann ist da noch das eine, das sie vorhin geöffnet hat und das sie nicht anklicken will, aber irgendwie doch sollte, später, wenn sie mit der Arbeit fertig ist, und das ist meistens so spät, dass sie einfach mit dem Laptop im Bett einschläft, immer online, immer erreichbar, immer für alle da, na klar. Der Call zieht sich, obwohl es mittlerweile schon halb sieben ist, es gibt Diskussionen um einen Kostenvoranschlag und die Quartalszahlen, Katharina weiß, sie müsste jetzt etwas sagen, sie ist gut darin, die

Kunden einzufangen, selbst wenn alle angespannt sind, lockert sie das Ganze auf und moderiert das Gespräch so zu Ende, dass alle ein gutes Gefühl haben und die Geschäftsführung ihr später schreibt, wie wertvoll sie für das Unternehmen sei, und dann fühlt Katharina sich stolz und unbesiegbar. Aber heute schafft sie es nicht, das Herz pocht bis in den Kopf, sie massiert sich die Schläfen und greift nach ihrem Vape, gerade rechtzeitig erinnert sie sich daran, dass die Kamera eingeschaltet ist und sie nicht vor den Kunden rauchen kann, wie unprofessionell von ihr, sie bewegt den Vape jetzt in der Hand, als sei er ein Spielzeug, und Alina, ihre liebste Kollegin, schreibt ihr bei WhatsApp: «Na, haste gerade fast geraucht, haha?», und sie verkneift sich ein Grinsen und legt den Vape verlegen auf den Schreibtisch zurück. Alina schreibt ihr, dass sie später noch auf einen Wein vorbeikommen will, Katharina nickt geistesabwesend und Alina schreibt: «Girl, wie du einfach im Call nickst aus dem Nichts, was ist los heute, hahaha?», und sie schaltet die Kamera aus und schreibt in den Chat, dass ihre Verbindung schlecht sei, und dann klickt sie einfach auf den roten Knopf und es wird still, sie ist einfach rausgegangen und starrt auf den Bildschirm und dann klappt sie den Laptop zu und schreibt Alina, dass sie sich in einer Stunde in der Kneipe am Eck treffen.

Die Kneipe gehört Holgi, einem alten, zahnlosen Berliner Wirt mit Rheuma und Knieproblemen und seiner Hündin Fine, die halb blind ist und Männer hasst, kein

Mann außer Holgi darf sie anfassen, sie knurrt und bellt, als hinge ihr Leben davon ab, es ist, als würde sie schimpfen und toben gegen alle Männer dieser Welt. Alle Stammgäste halten sich von ihr fern, aber wenn sich mal jemand in die hundert Jahre alte Kneipe verirrt und in Kindersprache gebückt auf Fine zuläuft, um sie zu streicheln, warten alle voller Spannung, wie nahe Fine den fremden Mann heranlässt, wie sie ihn mit großen lieben Augen und schwanzwedelnd ganz nah zu sich lockt, um dann, kurz bevor die Hand ihr Fell berührt, komplett auszurasten. Die Männer erschrecken sich jedes Mal zu Tode, die Stammgäste lachen und Holgi ruft Fine im strengen Ton zu sich und die Hündin trottet langsam um die Theke und legt sich in ihr Körbchen, das genau auf der Grenze zwischen Theke und Gastraum liegt, weil Holgi keine Lust auf Stress mit dem Gesundheitsamt hat. Und obwohl sich diese Szene seit Jahren immer wiederholt, wird sie niemals langweilig und Katharina denkt oft, dass Fine und Kasper gute Freunde sein könnten: Wäre Kasper überhaupt jemals zu irgendeinem Lebewesen freundlich, dann wohl zu Fine.

Katharina sitzt an der langen, siffigen Theke und starrt in ihren Wein, der natürlich schrecklich schmeckt, aber nur drei Euro kostet, und ohnehin ist sie ja nicht so gerne hier, weil die edelsten Tropfen kredenzt werden, sondern weil sie Holgi und Fine liebt und die alte Frau mit den lila Haaren, die immer am Spielautomaten sitzt und schrecklich laut hustet, und wegen Schabbi, dem Handwerker, der stundenlang still vor sich hin starrt, nur um dann plötzlich aufzustehen und laut einen Song mitzugrölen, der gerade aus der Jukebox kommt und auf den er gewartet hat. Die Jukebox kostet nur zwei Euro, dafür kann man vier Lieder einstellen und weil es so günstig ist, ist die Warteschlange immer unendlich lang, Katharina hat schon Stunden auf ihre vier Songs gewartet, manchmal so lange, dass sie vermutlich gespielt wurden, wenn Katharina schon längst im Bett lag.

Als die Tür aufgeht, weiß sie sofort, dass es Alina ist, denn die Köpfe der alten Männer drehen sich gemeinsam um, als seien sie ferngesteuert, Katharina kennt diesen Effekt schon, das passiert immer, wenn Alina einen Raum betritt. Sie liebt es, sie anzuschauen, ihre glänzenden schwarzen Haare, ihre schöne Haut und die dunklen Augen, weil alles an Alina leuchtet. Sie ist eine dieser Menschen, die immer glücklich und gespannt aussehen, als wüssten sie, dass das Leben voller Abenteuer ist und sie nur danach greifen müssen, an jeder Ecke gibt es etwas zu erleben, alles ist aufregend und schön. Alina wirkt deshalb oft in Eile, als sei sie in ständiger Sorge, etwas zu verpassen, was für sie ganz speziell doch so vorgesehen war. Auch heute geht sie mit fünf großen Schritten auf Katharina zu, ihr Leinenkleid riecht nach ihrem Parfum, Katharina atmet tief ein, als sie sich umarmen. Alina klettert auf den Stuhl neben sie und bestellt ein Bier, atmet sehr laut aus und fragt: «So, was ist los?» Katharina lacht, weil das so typisch für Alina ist, es wird nie groß um etwas gekreist, nichts wird langsam anvisiert und vorsichtig observiert, alles wird direkt gefangen genommen, man hat ja keine Zeit für Quatsch, keine Zeit für Quatsch und Zärtlichkeiten.

Gerade als Katharina antworten will, stellt Holgi Alina das Bier hin und sagt ein wenig vorwurfsvoll: «Na, auch mal wieder hier, Aline?», und Alina schaut ebenso vorwurfsvoll zurück und sagt: «Ich weiß, dass du weißt, dass ich Alina heiße, Michael», und dann lachen beide und ihr gemeinsames Ritual ist vollzogen, so beginnt jeder Abend zwischen ihnen. Alina zündet sich eine Zigarette an und lehnt sich an Katharina, «Jetzt sag schon», sagt sie und die Nähe beruhigt Katharina schlagartig, sie will nicht, dass der Moment vorübergeht, sie war so viel allein in letzter Zeit, das spürt sie jetzt erst so richtig, sie will eigentlich viel lieber Kniffel spielen und Jägermeister trinken und nicht mehr nachdenken müssen, sie will vergessen und endlich mal fünf Stunden Ruhe von sich selbst haben, ihr Kopf kommt ihr oft vor wie ein sehr nerviges Kleinkind, das ständig schreit, immer ist irgendwas, immer so viele Gedanken und Gefühle und so viel Wollen und Nichtkönnen und so viel Sehnsucht nach irgendwas, bloß: nach was genau?

«Können wir lieber erst mal eine Runde Kniffel spielen?», fragt sie und Alina greift in ihre Handtasche unter dem Tresen und zieht einen Becher mit fünf Würfeln darin heraus und lacht: «Klar, hab's mir natürlich schon gedacht.»

Sie ziehen um an einen der drei Tische, die Kneipe ist klein, nur eine Dartscheibe hängt noch in einer Ecke und eine Vitrine daneben mit Pokalen vergangener Dart-Wettkämpfe, über allem hängt der Geruch von uraltem Rauch und Bier, die Wände sind vergilbt, der Dielenboden knarzt bei jedem Schritt, Katharina liebt es hier einfach, es ist, als könnte man die Menschen spüren, die hier vor zwanzig Jahren saßen, vor fünfzig, vor neunzig, in diesen Räumen kleben hundert Jahre Lachen und Rausch, Gespräche über die Familie, über die Arbeit und die Politik, Tränen, Streit, Versöhnung, Wahnsinn und Liebe. Außerdem ist es hier sogar im Hochsommer angenehm kühl, was Holgi wohl die Einnahmen rettet, denn er darf keine Bestuhlung auf den Bürgersteig stellen, «dann gibt's wieder Stress mit dem Ordnungsamt».

«Das Meeting heute war so dermaßen furchtbar», sagt Alina und Katharina stimmt ihr sofort zu: «Ich hasse Sören so sehr, dieser Typ mit seinen Dad-Jokes, die sich seit zehn Jahren wiederholen, und er hält sich wegen dieser einen erfolgreichen Kampagne für einen Kreationsgott, obwohl der seit Jahren nichts Spannendes mehr gemacht hat. Immer die gleichen Witze, die gleichen Headlines, die gleichen dummen Sprüche und dann dieser Schnauzer, den er neuerdings trägt, um zehn Jahre jünger auszusehen, damit ihn die Zwanzigjährigen auch noch feiern, oh Gott.» Katharina verdreht die Augen und lacht, während Alina Sören nachäfft: «*Oh yeah, das ist so nice, Leute, so nice, habt ihr das schon gesehen, Leute, so nice*, und dann zeigt er ein TikTok-Video von vor drei Monaten, das jemand bei Instagram hochgeladen hat und das wirklich jeder schon kennt, und denkt, er ist der Krasseste, hahaha, *so nice, Katha, guck mal die Likes*!» Sie lachen und für einen Moment ist Katharina glücklich, weil es so guttut, wenn ein anderer Mensch erlebt, was einen selbst oft so nervt, geteiltes Leid ist immer noch das gleiche Leid, aber wenigstens kann man ein paar gemeine Witze machen, das ist ja auch schon was.

Sie kniffeln und sprechen über die Agentur, Alina arbeitet in einem anderen Team als Katharina, aber beide Teams haben manchmal gemeinsame Projekte und beide sind froh, wenn sie zusammenarbeiten, und richtig glücklich sind sie, wenn Sören nicht dabei ist.

Katharina fühlt sich Alina nah, obwohl sie ganz anders als sie ist, viel geordneter und bodenständiger, sie hat ein eigenes Auto und eine große Dreizimmerwohnung, seit neun Jahren den gleichen Freund und seit Neuestem sind sie verlobt. Die beiden führen die Art Beziehung, die Katharina sich wünscht, unaufgeregt und beständig, es gibt selten Streit und wenn, dann nur über die wirklich wichtigen Dinge wie zum Beispiel, dass Alina immer die Deckel der Flaschen nicht richtig zudreht und dann die ganze Kohlensäure entweicht oder dass ihr Freund manchmal heimlich die gemeinsam geschauten Serien weiterschaut und dann jedes Mal kläglich dabei versagt so zu tun, als sähe er die Folge, die sie sich anschauen, zum ersten Mal. Worüber sie nie streiten: Kinder, Zukunft, Eifersucht, ihre Gefühle füreinander. Alles scheint so klar und abgemacht, wie ein unsichtbarer Vertrag, den sie beide in den ersten Monaten unterschrieben haben. Vielleicht erzählt Alina auch einfach nichts von den Schwierigkeiten, die sie haben, aber eigentlich ist sich Katharina sicher, dass es die auch nicht gibt, denn irgendwelche Menschen müssen ja die Beziehungen führen, die wir uns alle wünschen, in denen alles einfach mal gut ist, kein Drama, kein *Bumble*, kein Gaslighting, kein Ghosting, kein «Ich glaube, ich bin für alles bereit. Außer für eine feste Beziehung», nachdem man schon seit drei Monaten feste Beziehung spielt, keine Angst, keine toxischen Dramen, bei denen sich immer alles so echt und doll und wichtig anfühlt, weil unser Gehirn uns einweicht in Serotonin und Noradrenalin und Dopamin, ein Cocktail aus Angst und Wahnsinn, der so gut schmeckt, denn nichts lieben wir mehr als das Gefühl, dass man um etwas kämpfen musste und gewonnen hat, alles erscheint so viel wertvoller und wichtiger, selbst der peinliche DJ aus Neukölln, der mit Anfang vierzig immer noch davon labert, dass er erst seit seinem Ketamin-Trip 2015 weiß, dass er kein Blut, sondern Musik in seinen Adern hat; keine WhatsApp nachts um eins, ob man noch wach sei, keine besoffenen Sprachnachrichten, dass es jetzt endgültig vorbei ist zum zwölften Mal, keine ständigen Verlustängste und Diäten, um so dünn wie die Ex zu sein, kein Swipen, kein Wischen, kein Heulen, kein Sich-verzweifelt-Wünschen, dass man sich nur dieses eine Wochenende mal nicht streitet, kein Flehen um Dinge, die selbstverständlich sein sollten, kein Kämpfen um das *bare minimum*, keine gelöschten Matches, kein Horoskop vom anderen immer als Erstes lesen, nein, fünf Horoskope lesen, um herauszufinden, ob er sich nicht doch endlich heute, heute wirklich mal meldet, weil er ja gerade so viel Stress hat, seit zwei Monaten kann der nicht mal alle paar Tage telefonieren, weil der so viel Stress hat, der arme Mann, der hat so viel Stress, der ist bestimmt halb tot vor Stress; keine Screenshots an die Freundinnen-WhatsApp-Gruppe schicken, um zu analysieren, was er mit diesem einen Emoji meinte und sowieso: Schreibt der nicht irgendwie ganz komisch seit einer Stunde, da ist doch was, der liebt mich bestimmt nicht mehr, oder? Keine schlaflosen Nächte, kein nagender Selbsthass, kein Stalken seines Instagram-Profils, um zu gucken, ob die eine ehemalige Affäre noch seine Beiträge liked, keine Augenringe und Kopfschmerzen, weil man doch nachts um halb zwei wieder zu ihm gefahren ist und sich alles schöntrinken musste, denn eines Tages, ganz sicher, wird er bereit sein, einen zu lieben, und bis dahin muss man nur durchhalten und immer nett sein und bereit, immer rasierte Beine haben und immer Verständnis bis zur Selbstaufgabe, eines Tages wird man es wert sein, man muss nur noch mehr trainieren und hungern und an sich arbeiten und dass man ständig das Gefühl hat, nicht gut genug für ihn zu sein, das ist nicht seine Schuld, sondern die eigene, weil man nicht gut genug therapiert ist, weil man sich selbst nicht genug liebt, weil man nicht hart und konsequent genug zu sich ist, weil man gestern wieder einen Fressanfall hatte, weil das die einzigen zwanzig Minuten in der Woche sind, in denen man sich nicht züchtigt und quält, als hätte man ein Verbrechen begangen, und die Strafe ist, dass man so bleiben muss, wie man ist.

Bei Alina und ihrem Freund scheint das alles viel leichter zu sein, kein ständiges Vielleicht, sondern ein ruhiges, gleichmäßiges Ja zueinander. Alina schickt ihr nie Screenshots von seinen Nachrichten oder ruft sie weinend an, weil sie sich mal wieder die halbe Nacht gestritten haben. Alina und ihr Freund sind einfach glücklich, wie es scheint, und nächstes Jahr im Sommer werden sie heiraten, auf Mallorca, die Einladungen sind schon raus, Katharina war erleichtert, als sie auf ihrer kein «plus Anhang» gefunden hatte, denn wen hätte sie auch schon mitbringen sollen, ihr Anhang war ständiges Sodbrennen und eine PDF-Gebrauchsanweisung für sie, die hundert Seiten lang war und die mit jedem Jahr, das sie allein blieb, länger wurde.

Ohnehin hat sie das Gefühl, dass sie immer unvermittelbarer wird, Ende dreißig und seit sechs Jahren keine richtige Beziehung geführt, immer nur halb gare Sachen, die nie länger als ein paar Monate halten, außer die Sache mit ihrem Ex, Schnittlauch, der sich ein Jahr lang nicht zu ihr bekennen wollte und den sie am Ende verließ mit dem Gefühl, eigentlich gar nicht Schluss machen zu müssen, weil es offiziell sowieso nie eine richtige Beziehung gegeben hatte. Sie bekommt mehr und mehr den Eindruck, dass sie allein bleiben wird, auch wenn sie die Hoffnung nicht ganz aufgibt, denn irgendwann wird ER schon kommen, denkt sie, irgendwann steht er einfach plötzlich vor der Tür, auch wenn das, zugegeben, wirklich gruselig wäre.

Katharina spürt den Wein im Kopf, alles ist dumpf

und warm und sie freut sich ein bisschen zu sehr darüber, denn sie weiß jetzt schon, dass sie heute nicht aufhören wird mit dem Trinken, zumindest so lange nicht, bis sie in einen traumlosen, wenig erholsamen Schlaf fallen und sich morgen früh dafür hassen wird, weil die Arbeitstage sich quälend lang ziehen, wenn sie einen Kater hat, sie kann dann nicht richtig denken und vergisst ständig alles, sie ist schnell genervt und noch schneller richtig wütend und wenn Sören dann auch noch was will, wird sie richtig ungehalten, sie hatte sich eigentlich versprochen, es nicht mehr so zu übertreiben mit dem Trinken, wenn sie am nächsten Tag arbeiten muss, aber warum zum Teufel fühlt sich immer alles so viel besser an, wenn man leicht angetrunken ist, man muss dann weniger denken und die Gefühle sind auch so schön einfach, es gibt nur noch ein paar davon und die sind dann ganz deutlich, die liegen schön in ganz großen Schubladen: Wut, Trauer, Freude, Hunger auf Döner, dem Ex schreiben.

«Du brauchst noch die große Straße!», sagt Anna, als Katharina ratlos auf ihre Würfel starrt.

«Wer jetzt keine Straße baut, baut sie nimmermehr», antwortet sie abwesend, das hat Schnittlauch immer gesagt, mit dem sie ständig gekniffelt hat, damit sie nicht reden müssen, denn wenn man Würfel auf den Elefanten im Raum schmeißt, Würfel und Schnaps, ist sogar so ein großes Vieh wie die Tatsache, dass er sie das ganze Jahr lang verleugnet hat, stumm, danach kann man ein bisschen betrunken rummachen und sich vormachen, dass er sich bestimmt noch ändern wird, eines Tages wird er seinen Eltern und seiner furchtbaren Schwester von dir erzählen und all seinen Freunden, ganz bestimmt.

«Ich kann wahrscheinlich keine Kinder bekommen, ich habe ein scheißgroßes Myom, das ist so riesig, dass man das nur entfernen kann, wenn man die Gebärmutter rausnimmt, herzlichen Glückwunsch an mich, oder», sagt Katharina jetzt einfach, die halbe Straße vor sich, Alina kneift die Augen zusammen und fragt ungläubig «Was?» und Katharina würde gerne sagen, dass alles halb so schlimm ist, aber es liegt alles vor ihr auf dem Tisch, die Ärztin und ihr Befund und die Konsequenz daraus: Sie können wahrscheinlich keine Kinder kriegen, aber Sie sind ja eh schon achtunddreißig. Das Ding in ihrem Uterus sei ihrer Meinung nach sicher nicht bösartig, aber müsse entfernt werden, als Nächstes müsse Katharina ein MRT machen und sich bei einem Kollegen vorstellen, der sich damit besser auskennen würde, danach würden die Optionen besprochen, aber sie sei sich ziemlich sicher, dass es am Ende auf eine Hysterektomie hinauslaufen werde.

Katharina erzählt Alina im Schnelldurchlauf, was die Ärztin gesagt hatte, obwohl sie sich nicht einmal wirklich beeilen muss, denn eigentlich war ja gar nicht so viel passiert, wenn man es mal genau nahm, waren es nur ein paar Sätze gewesen, die alles verändert hatten, und das ist wohl die große Ironie des Lebens, dass es am Ende immer nur ein Satz oder zwei sind, die mit einem Schlag alles zerstören.

«Das tut mir so leid, Katharina», sagt Alina und streichelt ihre Hand, «ist das sicher? Gehst du noch zu einer anderen Ärztin?»

Darüber hatte sich Katharina noch keine Gedanken gemacht, vermutlich, weil ihr Körper ihr ja ohnehin die letzten Monate bereits deutlich gemacht hatte, dass etwas nicht stimmte, und sie sofort ganz instinktiv wusste, dass das jetzt eben die Wahrheit war, mit der sie leben musste.

«Ich werde noch zu einer anderen Ärztin gehen, klar, aber weißt du, es klingt wahrscheinlich merkwürdig, aber ich spüre einfach, dass da was kaputt ist, du weißt ja, wie schlimm ich seit Monaten blute, und ich bin ja genau deshalb dahin, um herauszufinden, was eigentlich los ist, und ich schätze, das ist los, das ist es halt, das ist die Antwort», sagt Katharina und starrt auf den selbst gezeichneten Kniffelzettel, auf dem die verdammte große Straße fehlt. Sie entschuldigt sich und flüchtet auf die Toilette, schließt hinter sich ab, stürzt zur Kloschüssel und würde gerne den ganzen Wein wieder auskotzen, alles einfach raus, eine ekelhafte rote Suppe, die sich mit ihren Tränen mischen würde, die darauf fallen, als wären sie ein Topping für diese ganze elendige Scheiße. Sie würde würgen und würgen und würgen und ihr Herz pochte dabei, es würde pochen und pochen und pochen und sie denkt an die Filme, in denen die Leute ständig kotzen müssen, wenn etwas Schlimmes passiert, und dass das im echten Leben eigentlich nie so ist, da sitzt man dann nur da und entschuldigt sich für den dummen Witz, den man gemacht hat, und dann geht man nach Hause und muss mit der schlimmen Sache eben leben, Pech gehabt. Als sie sich die Hände wäscht, sieht sie, dass Johanna ihr geantwortet hat, ein paar liebe Nachrichten und der Vorschlag, morgen zu sprechen. Katharina wischt die Nachrichten weg, ohne zu antworten.

Als sie zurück an den Tisch kommt, sitzt Holgi da und redet auf Alina ein, wahrscheinlich versucht er sie zum hundertsten Mal dazu zu überreden, endlich Skat zu lernen, damit sie an einem der Turniere in der Kneipe teilnehmen kann. Das Gleiche hatte er bei Katharina versucht, bis sie schließlich nachgegeben und er sie trainiert hatte, bis selbst er einsehen musste, dass Katharina so untalentiert war, dass es keinen Sinn hatte mit ihr.

«Alles okay?», fragt Alina und sogar Holgi schaut sie besorgt an und Katharina sagt: «Ja, sorry, kann ich noch einen Wodka haben?» Als Holgi zur Theke geht, beugt sich Alina zu ihr.

«Willst du nicht lieber nach Hause? Du siehst wirklich nicht gut aus.» Gerade als Katharina antworten will, stellt Holgi drei Shots auf den Tisch und sagt: «Prost, Mädels, auf meine Mutter!», und Alina fragt: «Auf deine Mutter?», und Holgi kippt den Wodka runter und antwortet: «Die hat heute Geburtstag. Fünfundachtzig ist die jetzt und immer noch genauso nervig wie immer.»

«Warst du wenigstens heute bei ihr?», fragt Alina und Holgi antwortet: «Ja sicher, was denkst du denn? Hab ihr Kartoffelsalat gebracht und ’n Schnäpschen, wie sich das gehört.»

Alina nickt zufrieden: «So einen Traumsohn kann

man sich ja wirklich nur wünschen, Holgi, wenigstens sieht sie dich einmal im Jahr.»

«Nix einmal im Jahr, ich geh Mütterchen jeden Samstagmittag besuchen, vor allem, seit die Späßeckenulla nicht mehr kommt.»

«Die was bitte?», fragt Katharina.

«Die Späßeckenulla, die hat am Wochenende immer mit den alten Leuten da Spiele gespielt und so 'ne Sachen, damit die in ihren Buden da nicht verschimmeln, die haben ja alle eigene Apartments und brauchen zumindest am Wochenende 'ne Animateuse, die die ein bisschen auf Trab hält, wenn ihr versteht, was ich meine.»

«Wie jetzt, da ist 'ne Frau und deren Job ist es einfach nur, mit denen Spiele zu spielen? Wow, den Job hätte ich auch gerne», sagt Katharina und Holgi steht auf, geht hinter die Theke, kommt an den Tisch zurück und schiebt ihr einen Flyer herüber.

«Kannste haben, Ulla ist weg, die suchen dringend einen Ersatz, hier steht die E-Mail-Adresse und schreiben kannste ja, oder, Mäuseken?»

Katharina lacht, der Wodka brennt in der verätzten Speiseröhre, ihr ist übel davon, aber der Abend darf noch nicht vorbei sein, sie würde Alina und Holgi gerne am Tisch festbinden, damit sie nicht wieder allein ist, damit all die ekligen Gefühle nicht zurückkommen, die Angst, die Sorge, die Wut, das Gefühl zu fallen.

«Und man muss da nichts machen, außer ein bisschen Kniffel spielen und die alten Leute durch den Park schieben?»

Ein Gast ruft Holgi, der so langsam aufsteht, als hätte niemand je nach ihm gerufen, und dabei «Ja, ja» brummt.

«Das ist so 'ne Freiwilligen-Sache, da kriegste kein Geld für, das ist fürs Karma, verstehste, da gehste samstags oder sonntags hin und tust was Gutes, Dienst an der Gemeinschaft, das kennt ihr ja gar nicht mehr, ne?»

Alina hat während der Unterhaltung den Namen der Residenz schon gegoogelt, aufgeregt sagt sie: «Die haben sogar eine Instagram-Seite, guck mal, wie schön das da aussieht!» Sie schiebt Katharina das Telefon über den Tisch und Katharina sieht Bilder eines kleinen Parks, in dessen Zentrum auf einem Hügel ein dreistöckiger Altbau herrschaftlich in den Himmel ragt.

«So, was machen wir jetzt mit dir?», fragt Alina, während Katharina noch durch den Instagram-Feed scrollt und lauter glückliche Menschen sieht, so als wäre es das Geilste auf der Welt, in einer Jugendherberge für alte reiche Leute zu wohnen – langsam vor sich hin sterben, aber wenigstens in richtig schöner Umgebung.

«Ich bewerbe mich da jetzt», sagt sie und Alina lacht.

«Du hast doch einen Job.»

«Ja, einen halben. Und das hier ist ja nur am Wochenende. Ich meine, wieso nicht? Ich mag alte Leute», sagt sie und ruft noch einmal besonders laut in Holgis Richtung: «Ich liebe alte Leute!» Holgi zeigt ihr den Mittelfinger und flüstert etwas in Fines Richtung, die sich genervt in ihrem Körbchen von ihm wegdreht.

«Nicht mal dein Hund liebt dich!», ruft Katharina und Holgi schaut sie böse an, das war zu viel, das merkt sie jetzt auch. Sie entschuldigt sich und holt ihr Telefon aus der Jackentasche, öffnet das E-Mail-Programm und beginnt zu tippen. Als sie fertig ist, klickt sie theatralisch auf «Senden» und ruft Richtung Theke: «Ich habe es wiedergutgemacht, Holgi, ich habe mich beworben, mein Karma ist wiederhergestellt, bitte schön!»

Aus der Jukebox singen J.B.O. «Heute ist ein guter Tag zum Sterben» und Katharina lacht, sie lacht so laut, dass die Gäste sich nach ihr umdrehen, und Alina filmt sie und postet eine hysterisch lachende Katharina in ihrer Story mit den Worten: «Heute ist ein guter Tag zum Leben» und als Katharina sich später im Bett auf dem kleinen Video sieht, wie sie mit ihrem verquollenen Gesicht aufspringt und das Lied laut mitsingt, als sie sieht, wie ihre Augen trotz all der Angst leuchten, denkt sie: Verwundet, aber nicht gestorben, getroffen, aber nicht kaputt.

3

Als sie aufwacht, ist ihr erster Gedanke: Das ist falsch, ich darf nicht wach sein, ich muss doch schlafen, die OP liegt doch noch vor mir. Verzweifelt dreht sie sich zur Seite und sieht Alina auf einem Stuhl sitzen, die sofort aufspringt und sie besorgt ansieht. Katharina will etwas sagen, aber kann nicht, ihr Mund ist trocken, so trocken, dass es wehtut, sie versucht zu schlucken und hustet, Alina streichelt ihr beruhigend über den Kopf und flüstert, dass alles gut sei, Katharina will antworten, aber der Narkose-Nebel legt sich auf sie wie die furchtbare Gewichtsdecke, die sie einige Kilo zu schwer gekauft hatte, weil sie geglaubt hatte, sie würde sich besser als der Verkäufer kennen, der ihr zu weniger Gewicht geraten hatte. Die Decke erstickt sie, sie kann kaum atmen und dann fällt sie, sie fällt in eine Wolke, die gleichzeitig schwer und weich ist, hart und sanft, und dann wird alles wieder schwarz.

4

«Kannst du die Scheiße bitte ausmachen, das hält doch echt niemand aus, diese Scheißmusik, was für eine Scheiße», sagt sie und Alina dreht das Radio lauter.

«Was hast du gesagt, ich kann dich nicht verstehen!», schreit sie und Katharina schaut genervt aus dem Autofenster, die Müllerstraße ist wie immer voller Menschen, alle sehen so gestresst aus, in dieser Stadt guckt nie jemand glücklich, denkt Katharina und weiß im gleichen Augenblick, dass sie kein bisschen besser ist, auch sie rennt immer nur, drückt sich an Menschen und Obstständen vorbei, alle sind ihr immer zu langsam, obwohl eigentlich alles viel zu schnell geht.

Die fünf Stockwerke zu ihrer Wohnung schleppt sie sich hoch, sie wollte nicht, dass Alina sie begleitet, sie fühlte sich ohnehin schon so unwohl, dass sie hatte fragen müssen, ob sie Katharina aus dem Krankenhaus abholt.

Als sie endlich in ihrem Bett liegt, kann sie nicht schlafen, unruhig dreht sie sich hin und her und findet keine Position, die sich bequem anfühlt. Die Julisonne knallt durch ihr Fenster, es ist zwölf Uhr am Mittag und noch steht sie so hoch, dass ein wenig Tageslicht in die Wohnung fällt. Noch ein paar Wochen und sie wird wieder hinter den Nachbarhäusern verschwinden und erst im April wieder auf ihr Bett scheinen. Im ersten Jahr fand Katharina es schön, dass die Wohnung so dunkel ist, irgendwie gemütlich, eine Höhle, in der sie sich verstecken konnte. Aber nach einiger Zeit begriff sie, dass die Höhle ein Sarg war, dass sie begraben war in Dunkelheit und Einsamkeit, und wenn es im Winter kaum hell wurde, fühlte sie sich, als sei sie der letzte Mensch auf Erden.

Jetzt aber knallt die Sonne direkt in ihren Kopf, kokelt die Synapsen an und zündelt an ihren Nerven herum, sie weiß nicht, ob die Schmerzen von der Narkose oder vom anschließenden Gespräch mit dem Arzt herrühren, der sie kaum ansah und so schnell sprach, dass sie ihn kaum verstanden hatte. Immerhin: Die Hauptbotschaft war angekommen.

Nach dem MRT hatte sie eine Zweitmeinung eingeholt, die genauso aussah wie die erste. Beim Vorgespräch zur Gebärmutterentfernung hatte sie regungslos dagesessen und der Arzt hatte sie ohne jede erkennbare Emotion angesehen und gesagt: «Na, na, das wird schon alles gut.»

Die Wochen bis zum Termin hatte sie versucht, sich abzulenken und nicht zu viel darüber nachzudenken, der letzte Eingriff war fünfzehn Jahre her und sie dachte bis heute daran wie an einen Albtraum, der immer wiederkehrt und dem man nicht entrinnen kann, der sich eklig in die Tage quetscht, sich selbst immer wieder in Erinnerung ruft und je mehr man sich dagegen wehrt, desto öfter tauchen die Erinnerungsfetzen auf wie hässliche Flashbacks einer Sache, die so niemals passiert ist.

Die Tauben gurren neben ihr auf dem Dachvorsprung, seit Monaten reißen diese Viecher sie frühmorgens aus dem Schlaf und nerven sie den halben Tag, manchmal sind es so viele, dass sie ständig das Fenster schließen muss, weil sie sich wegen der Lautstärke nicht konzentrieren kann. Mittlerweile kennen die Tauben ihre Stimme, manchmal reicht es schon, wenn sie bei geöffnetem Fenster wüste Beschimpfungen ruft, und sie fliegen davon. In den Wintermonaten muss sie immer das Fenster öffnen und sie mit einem Staubsaugerrohr verscheuchen, es ist ein ewiger, ermüdender Kampf gegen eine schier übermächtige Allianz aus einer schabenden, kratzenden, gurrenden, ständig scheißenden Flatterarmee.

Heute hat sie keine Energie dafür, ihr Unterleib schmerzt nach den Tagen im Krankenhaus immer noch und das macht sie wütend, er ist doch sowieso kaputt, denkt sie, er hat kein Recht, sich noch irgendwie zu melden, er soll die Schnauze halten und am besten wäre er für immer still, würde auch keinen Unterschied mehr machen. Sie presst ihre Faust in den Bauch, sie drückt so fest sie kann zu, sie ist so wütend, so unfassbar wütend auf dieses Ding und auf sich, was am Ende das Gleiche ist, aber irgendwie auch nicht.

Sie presst und sie weint und es tut weh und je mehr es wehtut, desto heftiger muss sie weinen, die Tränen fühlen sich anders an als sonst, heißer und wie aus Blei, sie sind so schwer, dass sie ihr einfach aus den Augen fallen, sie macht kein Geräusch dabei, sie liegt einfach nur da und presst sich die Faust in den Unterleib und heult.

Ein Mensch vergießt durchschnittlich etwa fünf Millionen Tränen, bei einer kleinen Heulerei verliert man trotzdem nicht einmal siebzig Milliliter Wasser, bei einer großen manchmal schon. Aber irgendwann kommt die süße, dumpfe Leere danach, egal, wie weh es tut, irgendwann hört man auf zu weinen und dann ist fünf Minuten Ruhe. Katharina merkt, dass es das nun war, es reicht ihr ohnehin, dieses ganze Gejammer und Geheule, was soll man damit anfangen, es wird nichts besser dadurch oder anders. Sie löst die Faust, legt ihre heiße, schwitzige Hand auf ihren Bauch und versucht, sich gut zuzureden: «Na, das wird schon, wir kriegen das schon hin, also ich, ich kriege das hin ohne dich, das wird schon alles gut werden.»

«Jetzt spreche ich schon mit meinem nicht mehr vorhandenen Uterus, Johanna, es geht zu Ende mit mir 😭», tippt sie bei WhatsApp und schickt ein Selfie von sich, Johanna schickt Lach-Emojis zurück und sie beschließt, es doch noch einmal mit dem Schlafen zu versuchen, als sie bemerkt, dass sich ihre Hose feucht und warm anfühlt. Sie schlägt die Bettdecke zurück und sieht, dass ihr Schritt blutig ist, sie dreht sich und schaut über die Schulter, das Blut ist schon ins Laken gesickert, «Scheiße», ruft sie, «was für eine verdammte Scheiße ist das», und springt aus dem Bett, ihr wird schwindelig und sie muss sich setzen und als sie wieder aufstehen kann, ist dort, wo sie saß, ein großer, roter Fleck. «Jetzt nicht schon wieder heulen», denkt sie und geht entschlossen ins Bad, dreht die Dusche auf, zieht sich aus und als das warme Wasser ihr über den Kopf läuft, fühlt sie sich zum ersten Mal seit Wochen gut. Das Blut mischt sich mit dem Shampoo-Schaum zu ihren Füßen, alles ist kurz rosa und irgendwie hübsch, die Tauben gurren und durch die Milchglasscheiben neben der Dusche bricht sich das Licht und sie denkt, dass da, wo so viel Blut ist, auch noch Leben ist, wer blutet, der lebt noch, der kann noch weitermachen, der hat sich vielleicht so richtig doll auf die Schnauze gelegt, aber alles heilt, wirklich alles wächst irgendwann zu, diese Wunde wie jede und erst wenn das nicht mehr klappt, ist es vorbei und so lange wird sie weitermachen, das hier ist nicht das Ende von allem, das hier ist nur das Ende von irgendwas.

Sie trocknet sich ab und legt sich nackt unter die Bettdecke, das Laken ist eh schon versaut, da kann sie auch weiterbluten, fast ist sie eingeschlafen, als ihr Telefon vibriert, dabei hat sie es doch extra so eingestellt, dass nur wichtige Mitteilungen durchgestellt werden, wie zum Beispiel Johannas WhatsApp-Voices, was soll das denn jetzt? Auf dem Sperrbildschirm erscheint eine Erinnerung: «Mail Sonnenhang lesen». Sie dreht sich zur Seite, ach ja, da war ja was, worum sie sich noch kümmern wollte. Sie öffnet ihr E-Mail-Programm und liest die Mail:

«Sehr geehrte Frau Webeling, kommen Sie doch am Samstag in zwei Wochen vorbei, wir würden Sie gerne kennenlernen! Passt es Ihnen um 14:00? Sagen Sie einfach an der Pforte, dass Sie mit Paola verabredet sind, die wissen dann schon Bescheid. Das gesamte Sonnenhang-Team freut sich auf Sie!»

Beim letzten Satz kommen Katharina schon wieder die Tränen, obwohl sie nicht mal weiß, warum. Aber etwas an dem Satz fühlt sich so gut an wie heißes Wasser auf dem Kopf, wenn man gerade die Reste eines Uterus ausblutet, über den jemand gesagt hat, dass er kaputt ist, irreparabel, nicht reversibel, aus die Maus, Klappe zu, Affe tot und so weiter, na ja.

Etwas fühlt sich warm an und richtig und Katharina antwortet, ob es auch in Ordnung sei, in vier Wochen zu kommen, sie habe gerade eine etwas ernstere Erkrankung, die sie auskurieren müsse, sie freue sich, schreibt sie und dieses eine Mal meint sie es auch so, dieses eine Mal ist das keine Lüge am Ende einer E-Mail. Die Antwort kommt nur wenige Minuten später.

5

Die Bushaltestelle ist acht Minuten zu Fuß von der Residenz entfernt, Katharina hat sich natürlich alles schon bei Google Maps angeschaut, sie kennt das Instagram-Profil auswendig und die Geschichte der Residenz, die von einem privaten Träger geleitet wird. Das Anwesen liegt in einem guten Stadtteil, in dem die Mieten hoch und die Leute alt sind. Viel Altbau und historische Gebäude, im Krieg wurde hier weniger zerstört als im Innenstadtring, manchmal stellt Katharina sich vor, wie die Stadt wohl aussähe, wenn es gar keinen Krieg, keine Bomben und keine Sprengungen gegeben hätte, vielleicht wäre sie schöner, diese hässliche Stadt, über deren schönste Viertel immer nur so gut gesprochen wird, weil sie noch viel Altbau haben und nicht in sozialistischen Zeiten gigantische Hochhauskomplexe hochgezogen wurden, die schon wenige Jahrzehnte später nicht mehr Schmuck, sondern nur noch Ballast waren, Orte, an denen sich kaum jemand gerne aufhielt, spätestens seit den 2000ern auch nicht mal mehr ironisch.

Katharina hatte sich immer gewünscht, in dem Viertel zu wohnen, aber wenn alle paar Monate mal eine einzige freie Wohnung auf dem Markt auftauchte, war sie immer so teuer, dass sie, selbst wenn sie hätte einziehen können, Angst bekommen hätte, dass sie ihren Job verlieren könnte und wieder ausziehen müsste. Das war ihr vor fast einem Jahrzehnt einmal passiert und sie vermisst das große Loft immer noch, das eigentlich recht günstig gewesen war, ein Schnäppchen heutzutage, aber nachdem sie beschlossen hatte, nie wieder auch nur einen Fuß in die Firma zu setzen, war das Geld knapp geworden und die Wohnung nach nicht einmal vier Monaten auch weg gewesen.

Katharina sucht in ihrer Jackentasche nach einem Feuerzeug, die Packung Zigaretten hat sie mit einem Seufzen eingesteckt, das nur Menschen kennen, die nach langer, langer Zeit wieder mit dem Rauchen angefangen haben, ein Seufzen so tief wie der Ruß in ihren Lungen. Laut Google Maps sind es noch drei Minuten bis zur Residenz, Zeit genug, eine schnelle Zigarette zu rauchen, aber sie schüttelt den Kopf, ermahnt sich selbst, nach Rauch zu riechen ließe sie unprofessionell wirken, allein bei dem Gedanken zuckt sie zusammen, nein, so eine ist sie nicht, so eine, bei der man nicht so genau weiß, wie zuverlässig und professionell sie ist, nein, sie ist eine Spitzenarbeitskraft und wird alle davon überzeugen, dass sie genau die Richtige für den Job ist. Manchmal muss man sich gerade dann am meisten zusammenreißen, wenn man am meisten auseinandergerissen wurde.

Die Pforte befindet sich auf Höhe der Straße, ein kleines, typisches Pförtnerhäuschen aus rotem Ziegelstein und mit einem Wellblechdach, in dem ein etwa Mittfünfzigjähriger sitzt und eine alte Dame mit fleckigen rosa Haaren. Sie unterhalten sich angeregt, als Katharina an die Scheibe klopft, und die rosa Frau erschreckt sich, schaut böse hoch und schiebt mit einem erstaunlich energischen Ruck das Schiebefenster einen Spalt zur Seite. Der Mann lacht und entblößt dabei weit auseinanderstehende Zähne, die ihm einen fast jugendlichen Charme verleihen, und drückt den Arm der rosa Dame zur Seite.

«Wat kann ick für Sie tun?», fragt er.

«Hallo, ich bin Katharina Webeling und ich soll mich hier melden. Ich habe ein Vorstellungsgespräch. Ich soll nach Paola fragen.»

«Für wat ham Se 'n Vorstellungsgespräch?», fragt die rosa Dame und kneift dabei streng die Augen zusammen. «Wollen Se mir den Arsch abwischen? Klaus, wat meinste, will se mir den Popo sauber machen?»

Der Mann lacht verlegen und schaut Katharina entschuldigend an. «'tschuldigung, Frau Rosa plappert manchmal wie ein Spatz», und an die rosa Frau gewandt: «Wie ein Spatz!»

Frau Rosa lacht hell und ruft: «Nur Quatsch, wie ein Spatz!» Die beiden lachen sich halb tot, Klaus betrachtet Frau Rosa so liebevoll wie ein Sohn seine Mutter, wenn er endlich alt genug ist, um verstanden zu haben, dass das, was er mal an ihr peinlich und nervig fand, genau das sein wird, was er eines Tages schrecklich vermissen wird, dann, wenn es nicht mehr da ist.

Katharina lächelt höflich, «süß», denkt sie, «das geht ja gut los hier».

Klaus hat sich inzwischen beruhigt, er nimmt den Hörer eines fest im Tisch vor ihm installierten Telefons ab, drückt eine Taste und klemmt sich den Hörer zwischen Schulter und Ohr, dabei lächelt er Katharina aufmunternd an. «Ja, die Katharina Webeling ist hier, die will mit dir sprechen», schreit er fast in den Hörer und Frau Rosa hält sich theatralisch die Ohren zu.

Klaus nickt und hört dem anderen Ende zu, sagt dann «Ja, ja, weß ick doch, is okee» und legt dann mit einem genervten Blick auf, der Katharina nicht entgeht.

Er drückt auf einen Knopf neben dem Telefon, wo sich ein großes Pult mit Knöpfen und Reglern befindet.

«Gehen Se da durch, dann den Hügel hoch, immer geradeaus, können Se nicht verfehlen und oben am Haupthaus steht 'ne Dame, die wartet da auf Sie, viel Spaß», sagt er an Katharina gewandt und mit einem lauten Brummen öffnet sich das Eisentor, das links neben der Schranke den Weg zur Residenz versperrt. Katharina drückt sich dagegen und ruft «Danke», dann dreht sie sich noch einmal um und bemerkt, dass Klaus leise auf Frau Rosa einredet, die bockig wie ein Kind den Kopf schüttelt. Als Klaus Katharinas Blick bemerkt, wechselt der Ausdruck in seinem Gesicht von einer gespielt wirkenden Ernsthaftigkeit zu dem breiten Lächeln zurück und er wedelt mit der Hand in Richtung Hügel, «Ja, ja, ich geh schon», ruft Katharina lachend und läuft schnell den kleinen Hang hinauf.

Der Hügel ist eigentlich kein richtiger Hang, eher geht es ewig gemächlich und kaum merkbar bergauf. An den Seiten des Weges ist über die gesamte Strecke ein Geländer in den Boden eingelassen worden, alle paar Meter laden Holzbänke zum kurzen Ausruhen ein. Der Weg schlängelt sich durch eine gepflegte Parkanlage, Katharina bemerkt, dass es noch andere, kleinere Pfade gibt, die hinter Bäumen verschwinden und den gesamten Park durchziehen. Überall stehen auf dem satten grünen Rasen diese Bänke, auf einigen sitzen Menschen, neben anderen sind Vogeltränken zu sehen. Über der gesamten Anlage liegt eine friedliche, sonnige Ruhe, Katharina kann die Bäume riechen, ihren schweren, waldigen Geruch, sie bleibt einen Moment stehen und atmet tief ein, die Sonne scheint ihr ins Gesicht und obwohl sie nicht esoterisch veranlagt ist, höchstens mal ihr Horoskop mit argwöhnischer Distanz liest, fühlt es sich in diesem Moment so an, als hätte sie das Universum oder was auch immer an diesen Ort geschickt, als sei für zweikommaachtdrei Sekunden alles einfach nur gut und genau richtig, wie es ist. Die Enge in der Brust, die ihr ständig das Atmen schwer macht, löst sich endlich.

Aber je weiter sie sich dem Haus nähert, desto nervöser wird sie. So friedlich und einladend der Park ist, so einschüchternd ist das Anwesen. Es wirkt aus der Nähe doppelt so imposant wie auf den Bildern. Fünf große weiße Säulen stützen das Vordach, darunter ein alter, glatt polierter Steinboden. Über den Säulen befindet sich ein verschnörkelter Bogen, darunter eine aus Stein gemeißelte Büste eines Mannes. Das rote Ziegeldach wirkt lächerlich hoch, ein kleines rundes Fenster verleiht dem Dachstuhl ein fast gruseliges Aussehen, «perfekt für einen Horrorfilm», denkt Katharina. Sie steigt die drei großen Steinstufen hinauf zum Eingang, gerne wäre sie die Rampe, die sich in der Mitte der Stufen befindet, hinaufgegangen, aber das erscheint ihr respektlos. Mit einem Surren öffnen sich die elektrischen Glastüren und geben eine große, helle Halle frei, eine Art Atrium, auf dessen linker Seite sich ein langer Tresen befindet, der wohl der Empfang sein muss. Davor steht eine etwa fünfzigjährige Frau, die einen strengen, exakt geschnittenen schwarzen Bob mit Pony trägt, ein buntes Halstuch und ansonsten völlig in Schwarz gekleidet ist. Ihre durchsichtigen und natürlich ebenfalls schwarzen, blickdichten Strumpfhosen stecken in schwarzen, glänzenden Ballerinas und sie sieht ein bisschen aus wie eine Stewardess einer wirklich traurigen Fluggesellschaft, da nützt auch die knallgrüne Brille nichts, die sie trägt. Mit einem zurückhaltenden Lächeln geht sie auf Katharina zu, eine Hand fast aggressiv ausgestreckt und genau so ist auch ihr Händedruck. Katharina hat das Gefühl, die Frau wolle ihr wehtun, so fest drückt sie zu, dabei starrt sie ihr direkt in die Augen und sagt: «Guten Tag, ich bin Paola und Sie sind Katharina, ja? Schön, dass Sie da sind. Sorry, dass ich nicht draußen gewartet habe, ist mir zu heiß.»

Diese Mischung aus Vornamen und Siezen jagt Katharina einen kalten Schauer über den Rücken, das kennt sie noch aus der Schule, als die Lehrer und Lehrerinnen in der Oberstufe plötzlich begonnen hatten, sie zu siezen, aber jovial-vertraut trotzdem weiterhin die Vornamen der Schüler benutzten. Es war eine halbe Einzahlung aufs Erwachsenenkonto gewesen, nur eine Anzahlung, noch nicht respektiert genug, um beim Nachnamen gesiezt zu werden, beim Vornamen musste reichen, als sollten sie langsam daran gewöhnt werden, die Kinder, die sie noch waren, als wären sie noch nicht alt genug, um so *richtig* respektiert zu werden.

Paola reicht Katharina gerade mal bis zum Kinn, aber trotzdem strahlt sie eine beängstigende Autorität aus, als sie Katharina erklärt, dass sie die Residenzleiterin sei und sie erst einmal in ihr Büro im dritten Stock gehen würden. Paola geht an den Aufzügen vorbei und direkt zum Treppenhaus. Katharina folgt ihr widerwillig, als Paola sie bereits nach einem halben Stockwerk laut atmen hört, dreht sie sich fröhlich um und sagt: «Die Arbeit hier hält einen fit!» Dabei klingt sie wie Menschen, die dicken Menschen sagen, dass es so mutig sei, SO EIN Kleid anzuziehen. Das Treppenhaus ist schwül und es riecht, wie alle Altenpflegeeinrichtungen riechen: ein bisschen sauer, ein bisschen süß, ein bisschen nach Desinfektionsmittel und Tod. Katharina schleppt sich hinter Paola her, Stufe um Stufe, der Kaffee und die Säure brennen im Hals, sie hat ein wenig Sorge, sich, noch bevor sie oben angekommen sein werden, übergeben zu müssen.

Sie ist körperlich immer noch nicht so ganz fit nach der OP, noch schneller erschöpft als ohnehin schon. Sie hat noch Wochen geblutet, sie hat einen Eisenmangel, aber sie vergisst immer die Tabletten zu nehmen, die ihr die Ärztin aufgeschrieben hat. Sie schmecken, als würde man an einer rostigen Stange lecken, und sie bekommt immer Bauchweh davon und das hat sie doch nun wirklich schon häufig genug. Der Geruch macht es nicht besser, sie versucht, nur durch den Mund zu atmen, aber ihr Körper will durch alles atmen, am liebsten auch durch die Ohren und den Bauchnabel, Hauptsache mehr Luft, um Paolas Geschwindigkeit zu halten.

Als sie es endlich, mit einem guten Stück Abstand zu Paola, nach oben geschafft hat, klebt ihr das T-Shirt am Rücken, sie spürt Schweißperlen in ihren Haaren, die gleich ihr Gesicht hinablaufen werden, die Wunde schmerzt wieder, die Lunge brennt, ihr ist kotzübel. Sie versucht, sich nichts anmerken zu lassen und ihre Atmung zu kontrollieren, aber das zitternde Schnaufen bricht sich einfach Bahn, es ist laut und unangenehm, Katharina möchte im Boden versinken.

Sie passieren zwei schwere Glastüren und finden sich auf einem langen Flur wieder. Die Wände sind in einem hellen Gelb gestrichen. Alle paar Meter befinden sich alte Holztüren, dazwischen stehen kleine Holztische. Auf ihnen stehen Schalen, auf manchen Blumen in großen Vasen, Bilder, Deko, Muscheln, Steine, sie würde gerne stehen bleiben und sich alles ganz genau ansehen. Als Paola Katharinas Blick bemerkt, sagt sie, ohne ihren Schritt auch nur eine Winzigkeit zu verlangsamen: «Niedlich, oder? Die dürfen sie gestalten, wie sie wollen. Eigentlich genauso wie zu Hause, oder?» Ihr Lachen wirkt sarkastisch, als sie «wie zu Hause» sagt. Die Atmosphäre ist ruhig, beinahe friedlich, Katharina hört jemanden ein Lied singen, das sie nicht kennt, ein Husten, irgendwo knallt eine Tür zu und jemand schimpft. Am Ende des Gangs schließt Paola eine Tür auf und sie betreten ein etwa fünfundzwanzig Quadratmeter großes Büro, das seltsam leer wirkt. Inmitten des Raumes steht ein hässlicher Glasschreibtisch, auf dem ein zugeklappter Laptop liegt, daneben eine Briefablage und sonst nichts. An der Wand hinter dem Schreibtisch befindet sich ein kaum befülltes Bücherregal, daneben hängt eine schwarz-weiße Porträtaufnahme von zwei Kindern. In der Ecke neben dem Bild ein Tischchen mit einer Kaffeepadmaschine und einer Karaffe mit Wasser, daneben ein paar Gläser. Paola bietet Katharina den Platz vor dem Schreibtisch an, ein schöner, großer Korbstuhl, in den sie sich fallen lässt. Der Schweiß rinnt ihr die Schläfen hinab, aber sie traut sich nicht, nach einem Glas Wasser zu fragen. Zum Glück scheint Paola aber Durst zu haben, sie fragt, ob Katharina auch etwas trinken wolle, und bringt ihr Wasser in einem winzigen Gläschen. Es reicht gerade, um ihre brennende, trockene Kehle zu befeuchten, aber es lindert den Brechreiz und man sollte sich ja auch über die kleinen Dinge freuen, zum Beispiel, dass man sich jetzt wahrscheinlich nicht mehr ins Büro der Residenzleiterin erbrechen muss. Paola setzt sich nun endlich auch, schiebt den Laptop zur Seite, faltet ihre Hände zusammen und sagt: «Okay, Katharina, warum hat eine junge Frau wie Sie Lust, ihre Wochenenden mit alten Menschen zu verbringen?»

Katharina lacht, aber als sie sieht, dass Paola vollkommen ernst bleibt, räuspert sie sich schnell und sagt: «Ich liebe alte Menschen!» Paola schaut sie mit dem Blick an, mit dem die Lehrerin sie damals angesehen hatte, als im Deutsch-LK gefragt worden war, warum man sich denn für diesen Leistungskurs entschieden habe, und Katharina geantwortet hatte: «Ich liebe Deutsch.» Der ganze Kurs hatte gelacht und es ihr ins Abi-Jahrbuch als besonders einprägsames Zitat geschrieben und Katharina erinnert sich bis heute voller Wut daran zurück, weil es doch ganz klar um die Sprache gegangen war und nicht um das Land. Aber wie damals beginnt sie augenblicklich, sich zu rechtfertigen, obwohl Paola noch gar nichts gesagt hat. «Also, das klingt jetzt komisch, aber ich bin in einer Kleinstadt aufgewachsen, meine Oma hat bei uns gelebt und mein Vater hat sie gepflegt, bis sie gestorben ist und meine Mama besucht bis heute alle alten Leute in der Nachbarschaft regelmäßig, sieht nach ihnen und so, erledigt was für sie und so weiter. Ich bin damit aufgewachsen, dass man sich umeinander kümmert, das ist ein Klischee jetzt, ich weiß, aber dass sich Generationen halt umeinander kümmern, also alte Leute geben einem ja auch was zurück, man gibt ja nicht nur denen was.»

Paola betrachtet sie neugierig, zum ersten Mal heute.

«Zum Beispiel?»

«Ähm, also, das klingt jetzt ein bisschen dumm und banal, aber die wissen halt mehr, als man selber, die haben einfach ganz andere Sachen erlebt, die sind einfach ... ich höre denen einfach gerne zu, verstehen Sie, was ich meine?»

Sie hatte sich auf dieses Gespräch vorbereitet, in der ganzen Zeit, in der sie nur liegen konnte. Die letzten Wochen waren schwer gewesen, körperlich anstrengend und voller dunkler Momente.

Sie hatte sich natürlich nie vorher vorgestellt, wie eine Hysterektomie sein würde, und alles war so schnell gegangen, dass sie erst danach so richtig begriff, dass es das jetzt gewesen war. Wenn sie jetzt bei Instagram die Accounts von Tradwives und jungen Müttern sah, wollte sie böse Kommentare schreiben, aber stattdessen schrieb sie dann lieber Johanna. Die beiden lebten nun ein Leben, das noch weiter als ohnehin auseinandergedriftet war. Da war Johanna mit ihren Kindern und auf der anderen Seite Katharina ohne Uterus. Sie war grenzenlos traurig, denn das ist es, was manchmal gegen die Traurigkeit als Einziges hilft: traurig zu sein. Man muss die Traurigkeit aus sich herausbluten und das tat Katharina. Nach einer Woche hatte sie wieder mit der Arbeit begonnen, weil sie nicht sechzehn Stunden am Tag traurig sein wollte. Dazwischen brauchte sie auch mal Gefühle wie Wut, Genervtheit oder Langeweile. Ja, es waren alles schlechte Gefühle, aber sie boten wenigstens ein wenig Abwechslung, kein Mensch will den ganzen Tag darüber nachdenken, was es bedeutet, keine Kinder mehr bekommen zu können.

Und da waren noch mehr deprimierende und anerzogene Gedanken und Überlegungen, die sich gar nicht gut anfühlten: Wie viel Frau war sie jetzt noch? Würde sie so überhaupt noch ein Mann haben wollen? Sollte sie das in ihr Datingprofil schreiben? *Katharina, jede Menge schlechter Witze, aber dafür keinen Uterus!* Seltsamerweise hatte sie in dieser Zeit die Nähe von Johanna und ihren Kindern mehr gesucht als üblich. Vielleicht, weil sie wusste, dass das jetzt die einzige Möglichkeit war, in der Nähe von Kindern zu sein. Tante Katharina war immer noch besser als ... ja, als was eigentlich? Sie wusste es nicht. Als es ihr nach zwei Wochen zu viel alleine zu Hause wurde oder zu wenig, beides stimmte auf seine Weise, hatte sie angefangen, sich ständig abends mit Alina zu treffen, mit Kollegen. Sie hatten vor der Kneipe gesessen und Aperol Spritz getrunken, Katharina immer zu viel davon und von allem anderen auch und wenn alle weg gewesen waren, hatte sie lange, dumme Gespräche mit Holgi geführt. Er wusste, was ihr passiert war, aber außer einem «Ja, doof» war da nicht viel gekommen. Ja, doof, dass sie jetzt kaputt war, ja doof, dass ihr Lebensentwurf jetzt nie mehr Realität werden würde, ja doof, dass in ihr ein Loch war, ja doof, dass sie so abgrundtief traurig war, dass sie manchmal das Gefühl hatte, daran zu ersticken, ja doof, dass sich jetzt alles so wahnsinnig scheiße anfühlte, doof, dass sie jetzt für immer alleine bleiben würde, ganz, ganz doof war das.

Manchmal hatte sie mit ihm und den anderen über Sonnenhang gesprochen und wie aufgeregt sie war, dass sie dort vielleicht anfangen könnte. «Ich meine, ich bin quasi eine alte Frau im Körper einer …» «… alten Frau», hatte Holgi gesagt und gelacht. Katharina hatte das verletzt, aber sie hatte geschwiegen. Holgi hätte es bestimmt nicht verstanden, wenn sie gesagt hätte, dass das gerade wirklich gar kein passender Witz ist. Doof hätte er das gefunden, so eine empfindliche Frau, früher warst du aber lustiger, Katharina!

Paola nickt und lächelt ihr undurchschaubares Lächeln, Katharina bemerkt viele Lachfältchen in ihren Augenwinkeln, von denen die große grüne Brille bisher abgelenkt hatte. Auch sieht sie, dass Paola einen leicht verschmierten Eyeliner-Strich hat und ihre Wimperntusche ein wenig abgebröckelt ist. Irgendwie beruhigend, denkt sie, dass sogar so Menschen wie Paola Probleme mit dem Halt ihres Make-ups haben. Was sie mit «so Menschen wie Paola» meint, kann sie gar nicht so genau sagen, aber müsste sie es beschreiben, würden ihr wohl Worte wie Perfektionistin und Overperformerin einfallen.

«Also, um das mal abzukürzen: Es ist nicht so, dass wir gerade viele Bewerber und Bewerberinnen auf die Stelle haben. Es gibt nicht so viele Menschen, die ihre Wochenenden damit verbringen wollen, mit den Bewohnern Spiele zu spielen. Deshalb fragen wir sehr genau nach, was die Motivation dahinter ist. Man weiß ja nie.»

Katharina will nicht fragen, aber kann es sich dann

doch nicht verkneifen: «So Erbschleicher meinen Sie?» Sie lacht, damit klar wird, dass das natürlich ein Witz war, aber Paola sieht gar nicht so belustigt aus, Katharina fühlt das Unbehagen, das alle Menschen in der Anwesenheit von Polizisten kennen, selbst wenn sie nichts verbrochen haben, fühlen sie sich irgendwie schuldig.

«Ja, zum Beispiel», antwortet Paola, «deshalb gibt es dafür in unserem Vertrag für die Stelle auch einen Passus. Aber viel wichtiger ist uns, dass die Motivation dahinter nicht ist, sich zu kümmern. Unsere Bewohner sind keine Babys, sondern erwachsene Menschen, die etwas Zerstreuung suchen. Es ist ehrenhaft, sich aufopfern zu wollen, aber das überlassen Sie besser den Pflegekräften hier und nicht mal die machen das freiwillig. Ihre Aufgabe ist lediglich, jedes Wochenende für einen halben Samstag herzukommen, und die einzige Motivation, die Sie dabei haben sollten, ist, dass es Ihnen Freude bereitet und Sie etwas Gutes tun wollen. Gibt keinen Orden, Sie verdienen nichts, Ihre Bezahlung ist der Spaß, den Sie dabei hoffentlich haben. Oder, wie Späßeckenulla immer gesagt hat: für Pralinen und Party.»

Katharina lacht erstaunt, Späßeckenulla heißt also nicht nur in Holgis Kopf so, sondern tatsächlich wird sie auch hier so genannt.

Pralinen und Party, das ist in etwa, wie sie sich die Zeit hier vorstellt. Sie weiß, dass sie sich nicht mal in der Nähe der Versuchung befindet, die alten Menschen wie Kinder zu behandeln. Sie will alles, nur nicht sich gerade um Kinder kümmern, die nicht Johannas sind. Sie will einfach nur einen Sinn finden, irgendwas, das das Loch stopft, irgendwas, das sich besser anfühlt, als ständig traurig zu sein oder zu arbeiten. Sie will sich einfach mal wieder gebraucht fühlen und sie will, dass irgendwas in ihrem Leben sich wie eine gute Idee anfühlt und nicht wie Treibsand.

«Okay», sagt Katharina, «das ist auch exakt meine Vorstellung von dem, was ich hier machen will. Aber wie kam es überhaupt zu der Stelle?»

«Also, so ganz genau weiß ich es auch nicht mehr, das hat vor meiner Zeit hier angefangen, aber was ich weiß, ist, dass die Ulla die Tochter einer Bewohnerin war. Die haben immer Kniffel gespielt und irgendwann hat Ulla einen Bingo-Abend am Geburtstag ihrer Mutter organisiert und dann wurde das mit der Zeit eine regelmäßige Sache und Ulla war immer samstags da und irgendwie haben sich dann wohl immer mehr Personen in der Wohnung von Ullas Mutter zusammengefunden und das wurde der ehemaligen Residenzleitung zu viel, deshalb haben sie der Ulla dann gesagt, dass sie das im Saal machen soll oder gar nicht mehr und seitdem fand das statt, soweit ich weiß.»

«Und warum hat die Ulla jetzt aufgehört?»

«Na, das können Sie sich ja wohl denken, oder?»

Katharina ist augenblicklich peinlich berührt, natürlich, natürlich kann sie es sich denken.

«Nach dem Ableben der Mutter hat die Ulla das noch ein Jahr weitergemacht, sie wollte da wohl irgendwie das Erbe der Mutter aufrechterhalten, ihr zuliebe, das irgendwie würdigen, aber Sie wissen ja, wie es läuft, dann kommt das Leben dazwischen oder man merkt, dass so etwas auch eine Belastung sein kann oder man hat einfach keine Lust mehr. Die Ulla hat es sich nicht leicht gemacht, aber ich glaube, sie wollte auch irgendwann nicht mehr ständig an ihre tote Mutter erinnert werden, verstehen Sie, also ...»

Katharina versteht.

«Und weil das Ganze nie von uns geplant worden war und auch nicht Teil des Leistungsspektrums ist, das wir den Bewohnern anbieten und das, nebenbei bemerkt, wirklich extrem umfangreich ist, haben Sie gesehen, was wir alles anbieten, von Malereiklassen bis zu gemeinsamen Ausflügen, sogar Reisen bieten wir an, also da kann man sich wirklich nicht beschweren, deshalb können wir auch nicht noch mehr machen, hier wird wirklich schon das Maximum geboten und ... wo war ich ... Moment, ah ja, Späßeckenulla. Also wir wollten es nicht sterben lassen, wenn man so sagen darf, und deshalb suchen wir jetzt eine neue Ulla. Wenn wir keine finden, ist das so. Dann gibt's keinen Späßeckensamstag mehr und ich bin mal ganz ehrlich: Außer Ihnen hat sich auch niemand beworben, wir haben ja keine Anzeige geschaltet oder so etwas, wahrscheinlich haben Sie es von einem Angehörigen gehört? Ja, hab ich mir gedacht. Also entweder Sie machen es oder niemand. Das soll jetzt natürlich keinen Druck machen, ich bin da nur ehrlich und offen. Wir bezahlen schon eine Menge anderer Angebote, Sie müssen also damit leben, dass das, was Sie da machen, nicht bezahlt ist im Gegensatz zu anderen Aktivitäten. Das ist mir wichtig, das so klar zu sagen, dass da nachher keine Forderungen entstehen oder Neid aufkommt.»

Katharina lacht: «Ich verdiene genug in meinem richtigen Job, das ist kein Problem, wirklich nicht.» In solchen Momenten fragt sie sich immer, ob andere auch so reagieren würden oder ob sie einfach die schlechteste Geschäftsfrau der Welt ist. Aber sie sehnt sich so sehr danach, unter Menschen zu sein, die keine Werber sind, keine aufgedrehten Freunde oder nervige Typen bei Onlinedates. Sie stellt sich all das vor als eine einzige große Wohltat, als radikalen Gegenentwurf zu dem Leben, das sie schon so lange so unglücklich macht. Welch Ironie, denkt sie, dass ausgerechnet ein Job, der nicht bezahlt ist, mehr zu geben verspricht als zu nehmen.

«Und wie läuft das Ganze ab?», fragt sie.

«Sie treffen die Bewohner im großen Saal, da kommen meistens so fünf bis acht Personen. Herr Fraumann ist zum Beispiel immer dabei und Margot meistens und Christine und das Ehepaar Schöffling, die werden Sie mögen, ganz süß, die machen überall mit, der Mann ist ein bisschen dement, aber seine Frau ist noch topfit, die Simone ist das, die fährt ihren Mann auch stundenlang durch die Anlage, stundenlang, ich sag es Ihnen, die wird nie müde. Also die sind dabei und manchmal noch andere, fällt mir gerade nicht ein, aber ist ja jetzt auch noch nicht so wichtig. Und die warten dann da auf Sie, wir stellen die Spiele bereit, wir haben da mittlerweile eine große Auswahl, Rommé und Würfelspiele und Geschicklichkeitstraining aus der Ergo und natürlich Monopoly, obwohl ich Ihnen nicht rate, das mit den Schöfflings zu spielen und erst recht nicht mit Margot. Und Sie gesellen sich dann dazu, würde ich sagen. Die Ulla hat das immer ein bisschen moderiert, aber das bleibt Ihnen überlassen. Meistens schaut auch noch jemand von der Pflege kurz vorbei. Im Grunde geht es nur darum, dass die einen festen Termin haben, auf den sie sich freuen, und dass das zuverlässig stattfindet und eingehalten wird. Wie sieht es denn da zeitlich bei Ihnen aus?»

«Sehr gut!», ruft Katharina ein wenig zu schnell. «Ähm, also wirklich sehr gut. Ich arbeite als Freiberuflerin und nur halbtags, ich habe auf jeden Fall Zeit.»

«Und wie kommt es, dass Sie an den Wochenenden nichts Besseres zu tun haben? Kein Mann, keine Kinder?»

Katharinas Hals wird schon wieder so trocken.

«Ich habe wirklich viel Zeit», sagt sie und hofft, dass das als Antwort reicht. Früher hatte sie darauf immer «Noch nicht!» geantwortet und laut gelacht. Weil die meisten Menschen sie etwas jünger schätzen, als sie ist, hatte sie meistens «Das kommt schon noch, eines Tages ist der Richtige da und dann geht alles ganz schnell» geantwortet und dann waren alle glücklich gewesen, Katharina, weil sie ja nur geduldig sein und warten musste, und die anderen, weil Katharina offenbar eine *ganz normale* Frau war, die einfach noch nicht den Richtigen getroffen hatte, nicht so eine *nervige Feministin*, die glaubte, dass sie allein eh glücklicher sei.

«Ich würde sagen, wir versuchen es einfach mal nächsten Samstag, oder? Dann können Sie schauen, ob Sie sich das mit den Herrschaften hier vorstellen können, und wir können schauen, ob Sie sich verstehen. Ich mache mir da keine Sorgen.»

«Ich auch nicht», sagt Katharina und stellt dann noch ein paar Fragen zu den Abläufen im Haus und wie die Einrichtung strukturiert ist. Die beiden Frauen sprechen noch eine Viertelstunde, dann steht Paola auf und sagt:

«Gut, gut, dann zeige ich Ihnen jetzt noch die Einrichtung und dann können Sie drüber schlafen und sagen mir dann noch mal endgültig die Tage Bescheid, ob Sie Interesse hätten, ja?»

Katharina ist überrascht: «Also kann ich das Ehrenamt machen?»

«Wir brauchen noch Ihr Führungszeugnis, ich stelle Ihnen so einen Ehrenamt-Bescheid aus, damit können Sie das kostenlos bekommen und Sie reichen das dann einfach nach, ja?»

Katharina denkt wieder an die Polizei und wie sie mit achtzehn auf einer Demo festgenommen wurde, weil sie einen Polizisten beleidigt hatte, upsi. Stehen Ordnungsgelder im Führungszeugnis? Was stünde wohl in ihrem Zeugnis, wenn es um ihr Leben ginge? «Stets bemüht, nicht durchzudrehen. Kommt oft zu spät, verpasst die besten Chancen im Leben, wartet immer auf alles zu lange, kann sich nicht entscheiden, ist ständig nervös, versucht mit dem Rauchen aufzuhören. Zu ihren Mitmenschen ist Katharina höflich bis gleichgültig, außer sie hat einen Kater, dann ist sie immer so zickig. Macht gerne schlechte Witze und will das Leben mit den größten Löffeln fressen, die sie finden kann. Führt ihren Haushalt nicht besonders sorgfältig, neigt zu Impulskäufen, nachdem sie Werbung für etwas bei Instagram gesehen hat, gibt allgemein zu viel Geld aus, jetzt spielt sie auch noch Lotto, die Komische. Hat insgesamt exakt so viel Glück wie Unglück im Leben, glaubt an das Gute, ist eine gute Freundin, die zu viel arbeitet und manchmal zu viel über sich selbst redet, liebt Likör, Trash-TV und Quizshows, ihre Mutter ist meistens stolz auf sie und macht sich wenig Sorgen um ihr einziges Kind, was so ziemlich das Beste ist, das man als Kind erreichen kann. Katharina könnte sich gesünder ernähren, die vegetarische Fertiglasagne steht definitiv zu oft in ihrem Backofen, außerdem vernachlässigt sie ihre Skincare-Routine, das ist echt traurig, wie wenig sie sich um ihre Haut kümmert, na ja, die Quittung gibt's dann, wenn's zu spät ist. Katharina trägt wenigstens immer Sonnenschutzfaktor fünfzig, wenn sie mal rausgeht, was zu selten ist. Insgesamt bemüht sich Katharina um ein sinnvolles Leben, aber in der letzten Zeit hat sie Schwierigkeiten damit. Wir wünschen ihr auf ihrem weiteren Lebensweg alles Gute, stay hydrated und immer dran denken: Sich abends abzuschminken ist eine Investition in die Zukunft, anders als die Bitcoins, an die sie noch immer glaubt, lol.»

Gemeinsam verlassen Paola und sie schließlich das Zimmer und als Paola die Tür abschließt, bemerkt Katharina, dass vor ihrem Zimmer wie bei den anderen auch ein antikes Tischchen steht. Es ist leer.

6

Eine Woche später steht Katharina wieder an der Pforte. Klaus sitzt da heute ohne Frau Rosa und bemerkt sie nicht gleich. Er schreckt hoch, als sie an die Scheibe klopft, erkennt sie aber sofort wieder und drückt auf den Knopf. Das Fenster bleibt heute geschlossen, schade.

Katharina geht den Weg zur Residenz hinauf und ein bisschen fühlt es sich schon vertraut an. Der Park riecht nach Spätsommer an diesem regnerischen Wochenende und die Grünflächen sind nicht völlig ausgetrocknet. Ganz anders als bei Katharina um die Ecke. Die beiden nächstgelegenen Parks sind Müllkippen auf verbranntem Gras, seit Juni ist schon alles gelb und tot, dann kam der Müll, wie jeden Sommer, und aus dem toten Steppengras wurde staubige braune Erde, aber in Ermangelung an Alternativen setzten sich die Leute trotzdem auf den Boden. Sonnenhang sieht ganz anders aus, wie eine kleine Oase, «aus Geld», ergänzt sie sich selbst in Gedanken, eine Oase aus Geld, so wie die künstlich angelegten Urlaubsorte in Ägypten. Vom Flugzeug aus kann man es sehen, Wüste, Wüste, Wüste, nichts als Wüste und plötzlich drei gigantische Anlagen nebeneinander am Meer, grün und mit eigenen Korallenriffen und dahinter nur Sand und Sand und Sand.

Paola hatte Katharina am Telefon gesagt, dass sie den älteren Herrschaften angekündigt hatte, dass heute die neue Ulla käme, und Katharina erklärt, dass sie einfach in den großen Saal gehen solle, der hinter dem Atrium liegt. Dort würden sie auf Katharina warten. Sie hatte direkt Angst bekommen, also so schnell wollte sie jetzt nicht allein mit den alten Leuten sein und Paola hatte sie beruhigt, dass jetzt am Anfang eine der Pflegkräfte dabei sei, schließlich könne ja immer etwas sein, nicht wahr?

Katharina hatte lieber gar nicht erst gefragt, was das alles sein könnte, und in den Hörer gerufen: «Ach, ich freue mich!», aber es klangt nicht echt, es klang wie etwas, das jemand sagt, der schreckliche Angst hat.

Am Empfangstresen sitzt eine ältere Dame, die sie freundlich begrüßt, sie wisse schon, Katharina, die neue Ulla und so, bitte einfach geradeaus weiter zum «großen Saal». Katharina durchquert das Atrium und öffnet eine hölzerne Tür. Dahinter befindet sich ein kleiner Saal, gerade mal groß genug für vielleicht dreißig Personen. Im «großen Saal» stehen einzelne runde Tische mit jeweils vier Stühlen, an den Wänden sind weitere Stühle gestapelt, der Tür gegenüber ist eine kleine Bühne, die von einem grünen Samtvorhang umrahmt wird. In der Mitte der Bühne steht ein Stehtisch, auf dem ein Teller mit etwas Undefinierbarem zu sehen ist, Katharina kann aus der Entfernung nicht ausmachen, was sich darauf befindet.

Bevor sie es herausfinden kann, hört sie schon ihren Namen und wie jemand ruft: «Das ist die neue Ulla!»

An den Tischen sitzen sieben weiße Köpfe, alle drehen sich gleichzeitig zu ihr um, sogar die Spielfiguren starren sie an, da ist sich Katharina sicher. «Ja, ich bin die neue Ulla!», sagt sie so selbstbewusst, wie es ihr eben möglich ist, und will am liebsten direkt wieder umdrehen. Was hat sie den anderen alles erzählt. Wie toll die Residenz sei und wie schön die es dort haben und wie glücklich alle sind und wie sehr sie *gemacht* sei für diese Aufgabe, als habe sie ihr ganzes Leben darauf gewartet. Sie hat Links zu Bildern der Residenz verschickt und sogar ihre Mutter angerufen, um ihr zu erzählen, dass sie jetzt etwas Gutes mache, etwas mit Sinn, etwas, das quasi gar keine Arbeit ist. Und dabei hatte sie schon dieses Ziehen im Magen bemerkt, als würde der sie warnen, denn sie wusste ja, wenn es zu schön ist, um wahr zu sein, ist es nicht wahr. Aber dieser Job hier, der war alles, was sie jetzt ganz dringend brauchte. Die Woche hatte sie wieder mit dummen Diskussionen über dumme Kostenvoranschläge mit dummen Leuten verbracht, einen Tag war sie sogar ins Büro gefahren, um den anderen beim Streiten zuzusehen. Natürlich hießen diese Bürotage nicht Streittage und sie waren auch nicht dafür gedacht, aber sie waren nach der Pandemie dazu geworden. Weil sich alle so selten sahen, hatten nicht alle sehr gute Laune, wenn es endlich mal anders war, nein, alle hoben sich für diese Tage Diskussionen auf, die man besser nicht im Videocall führt oder die man schon dort erfolglos geführt hatte. An diesen Tagen waren alle Meetingräume immer besetzt, den ganzen Tag ausgebucht und irgendjemand heulte immer. Eigentlich fand Katharina es lustig, sich das anzugucken, sie selbst war immer nur Zuschauerin und machte bei dem Theater nicht mit, wenn jemand versuchte, sie in so etwas reinzuziehen, sagte sie immer: «Ich bin Freie, wieso willst du dich mit *mir* streiten? Diskutier das doch mit jemandem aus, der was zu sagen hat?» Das funktionierte einfach immer. Die Leute waren ja wirklich so dermaßen kurzsichtig, das hatte Katharina irgendwann verstanden. Die waren so kurzsichtig, dass ihr Blickfeld nur bis zu ihren Fingerspitzen und Zehen reichte, so weit eben, bis es nicht mehr um sie selbst ging. Wenn man erst einmal versteht, dass die meisten Menschen sowieso die meiste Zeit nur über sich selbst nachdenken, wird alles wesentlich leichter. Sie hatte das Wochenende herbeigesehnt, endlich weg von diesen Irren, deren größter Irrsinn darin bestand, sich selbst so schrecklich ernst zu nehmen. Wegen Kollegen heulen? So was wäre Katharina im Traum nicht eingefallen. Sie erinnert sich, dass es mal anders war, dass sie auch mal für etwas gebrannt hat, damals, bei diesem Job in dem Unternehmen. Da hatte sie lichterloh gebrannt, da wollte sie unbedingt was werden und jemand sein. Und als sie es dann war, ging sie einfach aus. Ganz unspektakulär, na ja. Und irgendwie ging sie nicht mehr an. Das hatte sie zunächst wenig beunruhigt, denn sie arbeitete ja weiter unermüdlich und so, als würde sie noch so etwas wie eine Leidenschaft dafür aufbringen. Nach ein paar Jahren hatte sie sich gefragt, ob man so überhaupt erfolgreich sein kann, aber die Sache war: Sie hatte sich lediglich daran gewöhnt, immer alles zu geben, immer als Erste da, immer als Letzte Laptop aus, sie hatte gar nicht bemerkt, dass sie nicht ausgebrannt war, sondern Brennen ihr Normalzustand. Und so können Jahre vergehen, Jahrzehnte, ganze Leben kann man so verbringen und dann sucht man sich noch was für die Rente, Bienen züchten oder einen Etsy Shop mit selbst gestrickten Pullovern oder so was und dann ist man tot. Man sitzt da und wartet, dass etwas passiert, das einen aufweckt, ein Jobangebot bei LinkedIn, eine neue Liebe, ein Todesfall, einmal Ayahuasca mit Julian Zietlow oder so, irgendein Erweckungserlebnis, das einen rausholt. Die meisten Menschen beschreiben diesen Zustand als Hamsterrad, für Katharina ist es ein warmer Fluss aus Schlamm. Man fühlt sich, als würde man eine Fangopackung kriegen, aber am Ende treibt man einfach fünfzig Jahre auf dem gleichen ekligen Schlamm, bis man nicht mehr kann.

Sie war zu alt, um mit einem Selfiestick in Thailand herumzulaufen und in die ewige Echokammer zu schreien, dass sie so glücklich wie noch nie sei. Sie war zu alt, um nach Berlin zu ziehen, außerdem wohnte sie da ja eh schon. Sie war zu alt, nein, sie ist zu alt, um mit Julian Zietlow Ayahuasca zu ballern, alle erzählen einem immer, dass man mit Ende dreißig ja noch alles machen kann, aber das sind so Menschen, die auch extra mal einen Monat lang um halb fünf morgens aufstehen, um vor der Arbeit eine Bowl zu essen und einen Smoothie zu trinken, und das Bad putzen und ins Gym gehen und dann noch Morgenseiten schreiben und bei Instagram entweder gar nichts posten oder ständig, wo sie gerade im Urlaub sind. Diese Leute haben einfach insgesamt wenig Gedanken und wenn man nicht so viel Energie fürs Denken braucht, hat man eine ganz schöne Menge davon fürs Leben. Und dann kann man auch mit Ende dreißig noch mal von vorn anfangen. Aber Katharina ist so müde, das kann sich keiner vorstellen, wie müde sie die ganze Zeit ist. Nicht erst seit der Sache, sondern so allgemein. Eigentlich unglaublich, dass sie wirklich gedacht hatte, noch ein Kind zu bekommen wäre ihr möglich, ja sogar die Erfüllung ihrer Träume.

Der Schmerz fährt ihr in den Unterleib, da, wo nichts mehr ist. Jedes Mal, wenn sie daran denkt, passiert das. Es ist ein Schmerz, der sich anfühlt wie ein schwarzes Loch in ihrem Bauch, das sie versucht zu verschlingen, sie verschlingt sich quasi selbst. Am Anfang kamen ihr noch die Tränen und dann wurde sie immer böse mit sich, hat sich gemaßregelt und ermahnt, dass andere Frauen Krebs haben oder sterben und sie hat nur keinen Uterus mehr, das ist ja wohl viel weniger schlimm, als tot zu sein. Aber das Loch im Bauch fühlt sich nekrotisch an, als würde sie an den Rändern langsam verfaulen. Manchmal kann sie es riechen, wenn sie nachts aufwacht, schweißgebadet, und ihren eigenen Geruch wahrnimmt, nur für eine winzige Sekunde, dann riecht sie etwas Fauliges, Moderndes, dann riecht sie, wie sie innerlich vergammelt. Natürlich ist das nur Einbildung oder eine hormonelle Sache, aber das fühlt man nicht, wenn man nachts um halb vier im eigenen Schweiß aus einem weiteren Horrortraum aufwacht und einfach nur erbärmlich stinkt. Dann fühlt man nur nackte Verzweiflung und Angst.

Sie darf da jetzt nicht dran denken, sonst geht das schwarze Loch vor allen hier auf und wer hätte noch Bock auf die neue Späßeckenulla, wenn die reinkommt und erst mal anfängt zu heulen?

«Kleiner Scherz, hallo, alle miteinander, ich bin Katharina und ich bin *here to entertain you*!» Ein paar Gesichter schmunzeln, die anderen schauen sie irritiert an, dabei dachte sie, dass ProSieben so ein Alte-Leute-Sender ist, das müssen die doch kennen?

Eine etwa Mitte vierzigjährige Frau, komplett in Gelb gekleidet, erhebt sich und schaut sie freundlich an. «Hierhin bitte!», ruft sie und Katharina, froh über die Einladung, geht zu dem Tisch, an dem die Pflegekraft mit zwei älteren Damen sitzt, vor ihnen liegen laminierte Kniffelzettel im DIN-A4-Format, die Würfel sind doppelt so groß wie üblich und die Stifte haben Gummibänder in der Mitte. Katharina setzt sich und sagt: «Na, wen haben wir denn da?», und die rechte der beiden Damen, eine sehr gut gekleidete Frau in ihren 70ern oder 80ern, äfft sie nach: «Na, wen haben wir denn da?» Dann dreht sie sich zu der Dame in Gelb und sagt mürrisch: «War klar, dass ihr eine anschleppt, die mit uns redet, als wären wir Idioten, wäre ja noch doller, wenn wir hier mal wie mündige Erwachsene behandelt würden, oder, Swetlana?»

Swetlana lacht und legt eine Hand auf Katharinas Unterarm: «Keine Sorge, die ist immer so, das ist nicht böse gemeint, oder, Margot, das meinen wir nicht so, wie wir das gesagt haben, oder?» Margot äfft jetzt auch Swetlana nach: «Das meinen wir nicht so, wie wir das gesagt haben. Doch, ich meine das so, Swetlana, was soll das Küken denn hier?»

«Ich bin achtunddreißig», sagt Katharina.

«Ja, sieht man», antwortet Margot.

Die Frau links neben ihr bleibt stumm und schaut bekümmert auf ihre Finger, ihre Haut ist so blass und durchsichtig wie die aller sehr alter Menschen, manchmal sehen sie ein bisschen aus wie Sommerrollen gefüllt mit Adern und hellem Fleisch.

«Ja, schön!», sagt Katharina ironisch und fast meint sie, einen Ausdruck des Erstaunens in Margots Gesicht zu sehen.

«Also, noch mal von vorne, du hast bestimmt schon bemerkt, dass wir uns hier alle beim Vornamen nennen, wir finden das angenehmer so. Wir leben hier schließlich …»

«Wir», lacht Margot, «genau.»

«*Wir* leben hier ja irgendwie auf eine Art auch alle zusammen, ein bisschen wie eine Kommune …»

«… für Reiche», unterbricht Margot sie.

«Jetzt lass sie doch mal ausreden», flüstert die andere Frau und schaut jetzt endlich auch mal hoch. Margot scheint sich von niemandem etwas sagen zu lassen, aber von dieser Frau schon. Katharina ist beeindruckt.

«Das ist Christine», sagt Swetlana jetzt und Katharina lächelt ihr aufmunternd zu. Christine lächelt nicht zurück, sie versinkt wieder in ihre Hände. Ihre Haut im Gesicht und an den Händen glänzt so stark, als wäre sie aus Perlmutt, sie hat einen hellblauen Lidschatten aufgetragen und die wenigen Wimpern getuscht, Katharina kann die feinen roten Äderchen auf ihrer Nase sehen.

«Können wir jetzt mal weitermachen? Christine verliert gerade», sagt Margot und schnappt sich den Becher. Sie schüttelt ihn, als hinge ihr Leben davon ab, und knallt ihn dann so laut auf den Tisch, dass alle aufschrecken.

Ein Mann vom Nebentisch ruft: «Gott, Margot, ich weiß, du hasst uns alle, aber wenn wir alle gleichzeitig einen Herzinfarkt bekommen, kriegt Swetlana die Krise.»

«Genau, Manni!», sagt Swetlana und schickt dem Mann einen Luftkuss.

«Musst du nicht irgendwas reparieren? Deine Birne zum Beispiel?», keift Margot ihn an und an Katharina gerichtet: «Ich habe 'ne Straße.»

Sie hat keine.

«Das ist keine Straße», sagt Swetlana, «höchstens die Müllerstraße, da ist auch immer irgendwo Baustelle.»

Auf dem Tisch zeigen die Würfel: 1, 2, 3, 3 und 5.

«Meine Güte, das ist quasi eine Straße!»

«Das ist keine Straße!»

«Bist du das Straßenbauamt oder was, Swetlana?»

Christine lacht verächtlich. Sie hat beide Straßen

schon. Katharina schielt auf Margots Zettel, da sieht es bisher nicht ganz so gut aus.

«Wenn ich mich mal vorstellen darf: Mein Name ist Manfred Fraumann, einige nennen mich hier Manni, es ist mir eine Ehre.»

«Alle nennen dich hier so», flüstert Christine.

«Und entschuldigen Sie Margot und Frau Christine, die beiden wissen mal wieder nicht, wie man sich benimmt.»

Der Mann steht plötzlich hinter Katharina, eine Hand wird ihr entgegengestreckt, die Fingernägel dreckig, die Haut aus Reispapier.

«Manni, verzieh dich», brummt Margot und Manni lacht. «Für dich tue ich doch alles», sagt er und geht zu seinem Tisch zurück. Die drei Frauen verlieren kein Wort mehr darüber und das Spiel geht noch über fünf Runden weiter. Am Ende gewinnt Christine haushoch und Margot steht wütend auf, was bei ihrer kaputten Hüfte ziemlich umständlich ist und länger dauert. Als Katharina ihr helfen will, schlägt sie ihre Hand unwirsch zur Seite. Endlich hat sie den Rollator mit beiden Händen fest im Griff, aber als sie sich daran hochziehen will, fällt sie wieder auf ihren Stuhl zurück. «Die Bremsen!», ruft Swetlana, springt auf und stellt sie mit einem schnellen Griff fest. Sie packt Margot beherzt unter einem Arm und hilft ihr, sich aufzurichten. «Ja, ja, geht schon, das ist doch sowieso nur, bis die OP-Wunde verheilt ist, meine Güte», sagt Margot genervt, aber erst, als sie sicher steht. Swetlana antwortet: «Ja, ich weiß doch, du kannst das auch alleine.» Margot schnauft verächtlich. Sie entfernt sich vom Tisch ohne einen Abschied, Katharina sieht ihr nach, wie sie langsam durch den Saal torkelt, am Hinterkopf hat sie eine kahle Stelle.

Als Katharina sich schließlich Christine zuwendet, sieht sie, dass sie ihren Kopf auf ihre Arme gelegt hat. «Schlafen Sie … äh, schläfst du?», fragt sie.

«Nein», antwortet sie und sagt dann nichts mehr. Swetlana lächelt und flüstert Katharina zu, dass sie mal eben zusammen vor die Tür gehen, «kurz ein bisschen frische Luft schnappen, ja?».

Die anderen im Saal packen ihre Spiele ein und unterhalten sich angeregt, einige verabschieden Katharina sogar, als würden sie sich schon länger kennen. Das fühlt sich schön an, denkt Katharina, als wäre sie wichtig, als gehörte sie jetzt schon dazu.

Manni ruft ihnen «Kommste wieder nächste Woche, ja?» hinterher und Swetlana antwortet ihm, dass sie gleich noch mal vorbeischauen werden.

Swetlana geht mit ihr durchs Atrium, schleicht sich hinter dem Empfang durch eine Tür und plötzlich stehen sie an einem kleinen Nebeneingang des Gebäudes. Swetlana holt unter einer Tasse ein Feuerzeug und eine Schachtel Luckys hervor und bietet Katharina auch eine an. Katharina will eigentlich nicht, aber sie hat in den letzten achtunddreißig Jahren gelernt, dass Raucherecken nicht zum Rauchen, sondern zum Bündeschmieden da sind. Und sie kann die hier wirklich mehr als dringend gebrauchen.

«Ich weiß, ist viel», nuschelt Swetlana mit der Zigarette im Mund, während sie Katharinas anzündet. Auf dem Feuerzeug sind Hundewelpen abgebildet.

«Margot meint das alles auch nicht so. Die hat einfach eine Scheißlaune, weil sie nicht hier sein will. Verständlicherweise, oder?»

Katharina nickt und tut so, als würde sie verstehen, aber eigentlich versteht sie es nicht. Dieser Ort ist so friedlich, eine Oase inmitten dieser Dreckstadt, in der alles immer nach Pisse und Verzweiflung stinkt.

«Alle freuen sich, dass du hier bist, wirklich. Du lernst die ja jetzt alle nach und nach kennen. Ich stell dich gleich noch Manni richtig vor, der ist ein Herz, das glaubst du gar nicht. Den besuchen wir gleich, der wünscht sich noch einen kleinen Spaziergang durch den Park, hast du Lust?»

Katharina hat.

Sie drückt ihre Zigarette auf dem Steinboden aus und fragt sich trotzdem, ob das alles hier so eine gute Idee war. Aber was hatte sie sich eigentlich vorgestellt? Eine Lilalaunebärwelt, in der sie mit zehn alten Menschen zusammensitzt, alle lachen, die Sonne scheint, die Würfel fallen, alle schauen sie voller Dankbarkeit an, oh Mann, wie gut, dass du endlich da bist, wir haben schon so lang auf dich gewartet? Das Loch im Bauch tut wieder weh, instinktiv drückt sie ihre Fäuste dagegen.

«Alles okay?», fragt Swetlana.

«Ja, alles gut.»

«Hast du deine Periode?»

«Nein.»

Sie schluckt. Jetzt nicht wieder dran denken, Katharina. Einfach so tun, als wäre nichts.

«Alles gut, wollen wir Manni suchen gehen?»

Swetlana drückt ihre Zigarette aus, sammelt noch Katharinas ein und lässt das Feuerzeug und die Schachtel wieder unter der Tasse verschwinden. Die beiden Kippen steckt sie sich in eine der Taschen an ihrem Oberteil. «Du kannst hier rauchen und nirgendwo sonst, ja? Aber nimm die Kippen wieder mit, sonst rastet Paola aus.»

Katharina nickt. Sie denkt darüber nach, Swetlana nach Paola zu fragen, aber sie weiß nicht, welche Frage sie stellen soll, welche Frage sie stellen will. Irgendetwas an Paola stimmt nicht und sie weiß einfach nicht, was genau das ist.

Der E-Mail-Kontakt und das Telefonat nach ihrem Besuch waren freundlich distanziert gewesen, Paola hatte ihr noch die Unterlagen geschickt, den Vertrag und die Bestätigung über das Ehrenamt. Katharina hatte einen Termin beim Bürgeramt gemacht, um ihr Führungszeugnis zu bekommen, und anders als nahezu alle anderen Termine für absolut alles andere hatte das recht zeitnah geklappt. Ein Wunder in Berlin.

Swetlana und sie gehen zum linken Nebengebäude. Auch auf der anderen Seite der Residenz erstrecken sich große Nebengebäude. «Das waren mal Ställe», sagt Swetlana.

«Ah, darüber habe ich gelesen!»

«Ja, witzig, oder? Das waren Stallungen, vor hundert

Jahren oder so. Keine Ahnung. Die wurden ausgebaut, da sind jetzt Wohnungen drin. Sieht richtig hübsch innen aus. In jedem Gebäude sind fünf Wohneinheiten und die haben noch einen Gemeinschaftsraum, wo sie zusammen essen können, wenn sie wollen.»

«Kochen die da zusammen?»

Swetlana lacht. «Nein, das Essen wird hier in der Großküche gekocht. Ist billiger und besser als das gelieferte. Können sich alle selbst aussuchen, ob sie das Angebot annehmen oder essen gehen oder sich etwas Kleines in ihren Pantryküchen machen. Nicht alle haben außerdem eine Küche, im Haupthaus gibt es keine und bei manchen Bewohnern ist das auch gut so. Die meisten essen eigentlich immer in den Gemeinschaftsräumen zusammen. Über das Essen gibt es sehr viele Diskussionen, wie du dir denken kannst. Hast du den Teller auf dem Tisch auf der Bühne gesehen vorhin?»

Katharina nickt, ja, der Teller!

«Da stellt jemand als Protestaktion manchmal sein Mittagessen drauf, er stellt das quasi aus, um zu demonstrieren, wie schlecht es sei, aber ganz ehrlich: Es ist eigentlich total lecker. Manche Leute finden immer was zum Meckern. Der Koch macht sogar extra für Frau Schöffling etwas Vegetarisches, die anderen lieben ihre Wurst.»

«Wie lange bist du schon hier?», fragt Katharina.

«Zu lange», lacht Swetlana.

Sie sind am Nebengebäude angekommen und Swetlana ruft: «Manni, komm raus!», und sofort öffnet sich ein Fenster und der alte Mann schaut heraus. «Na, wart ihr eine schmöken?» Er lacht und donnert das Fenster zu, zwei Minuten später öffnet sich die Eingangstür des zweistöckigen Gebäudes und er kommt, mit einem Stock in der Hand, heraus.

«Guten Tag, die Damen, schön, euch beide wiederzusehen, ich hoffe, der Schock sitzt nicht allzu tief, Frau Katharina?»

Katharina lacht und schüttelt den Kopf.

«So, dann können wir ja jetzt auf große Wanderschaft gehen, ich kann es kaum erwarten.»

Swetlana verzieht ihr Gesicht, als hätte sie wirklich schrecklich schlimme Nachrichten.

«Ich habe leider schrecklich schlimme Nachrichten», sagt sie an Manni gewandt, «ich kann euch leider nicht begleiten.»

Manni schaut gespielt enttäuscht: «Immer sind alle anderen wichtiger, Swetlana, wann bin ich endlich mal der Wichtigste?»

«Morgen», antwortet Swetlana und dann geht sie mit einem Lächeln, das erlischt, als sie sich noch gar nicht richtig umgedreht hat.

7

Das Leben geht immer weiter und das ist das Gute und das ist die größte Scheiße von allem, je nachdem. Katharina weiß nicht so recht, was es gerade ist, ob sie sich nicht eigentlich wünscht, dass alles mal stillsteht, oder ob der Stillstand nicht schon viel zu lange geht.

Manni hat ihr noch am gleichen Tag von seiner «geheimen» Werkstatt erzählt, die er sich in einem verlassenen Teil des Kellers eingerichtet habe. Und von der alle wissen würden, sagt er, vor allem Pfleger Umut wäre ständig da und sogar Paola habe sich mal einen Wasserkocher reparieren lassen. Katharina weiß nicht, ob das alles so stimmt, aber die Werkstatt wird sie sich bald mal ansehen. Sie war jetzt zweimal im Sonnenhang, beim letzten Mal haben sie Scrabble gespielt und Margot hat ständig behauptet, dass ihre ausgedachten Wörter existieren, und Umut hatte darüber erst gelacht, dann war er irgendwann still geworden und dann hatte er sie angeblafft, dass seine Familie erst vor zwei Jahrzehnten nach Deutschland gekommen wäre und sogar sein Vater wissen würde, dass dieses Wort nicht existiert.

Jetzt ist aber erst einmal wieder eine Woche Wahnsinn und Alltag, Videocalls und wirre Tage, die sich wie Instantkartoffelbrei anfühlen. Sie sind auszuhalten, aber richtig gut sind sie nicht.

Sie kann nicht einschlafen und spielt nachts stundenlang Zelda, sie bildet sich ein, dass das Herumlaufen in Wüsten und durch Wasserfälle ihr Inneres beruhigt, sie fühlt sich gut, wenn sie eine weitere Quest geschafft hat, sie erledigt alles, sie findet zehn Hühner, sie bekämpft Monster, sie sucht die Isolierrüstung, um nicht mehr ständig vom Blitz getroffen zu werden, sie öffnet Truhen, sie löst die Rätsel der Schreine, todmüde fällt sie dann frühmorgens in einen unruhigen Schlaf, in dem sie in einem Krieg gegen Fabelwesen kämpft oder in einer großen Flut ertrinkt, mit dem Spiel hat das alles natürlich nichts zu tun.

Nach ihrem ersten Tag im Sonnenhang wollte sie sich abends noch mit Freunden treffen, aber stattdessen hat sie sich auf ihr Sofa gesetzt, hat die Konsole angeworfen und die ganze Nacht alleine gezockt. Nebenbei hat sie in Dating-Apps hin und her gewischt und sich bei keinem einzigen Match gefreut, weil sie immer nur daran denken konnte, dass kein Mann sie noch wollen kann, was natürlich Unsinn ist, denn eigentlich geht es vielmehr darum, dass sie keinen mehr will, weil sie sich nicht vorstellen kann, dass sie noch einer will.

Dass man sich selbst lieben muss, um jemand anderen lieben zu können, ist der größte Bullshit einer Gesellschaft, in der man jetzt auch noch erst völlig selbstoptimiert lieben darf, okay. Erst wenn man durchtherapiert, zu Ende und kaputtgecoacht ist, darf man jemanden lieben, vorher muss man leider alleine bleiben und wer sich nicht lieben kann, muss in den Selbsthassknast, für immer alleine, Pech gehabt. Katharina hat sich noch nie so richtig geliebt, aber schon ein paar Beziehungen geführt. Gut, zugegeben, sie waren nicht sonderlich erfolgreich gewesen, aber ihr Versuch, sich selbst vollumfänglich zu lieben, war alleine schon daran gescheitert, dass man niemals alles an sich lieben kann, und auch sie hat niemals alles am anderen geliebt, man kann auch wunderbar vierzig Jahre zusammen sein und es trotzdem jeden Tag hassen, dass der andere nie die Flaschen richtig zudreht oder immer im Streit anfängt zu heulen, wenn er mal unrecht hat. Die Frage, die sie sich stellt, ist: Kann mich jemand lieben, wenn ich keine Kinder bekommen kann? Und sie kennt die Antwort natürlich, selbstverständlich ist das möglich, sogar sehr wahrscheinlich, aber: Kann sie jemanden lieben, der sie liebt, wenn sie sich selbst hasst, also jemanden, der am Ende jemanden liebt, den sie selbst nicht leiden kann? Solche Fragen stellt sie sich jetzt, während sie nachts durch Hyrule läuft und Pilze sammelt. Sie führen ins Nichts. Auf Instagram sieht sie das neue Baby der Frau, die ständig schwanger ist, es sieht so glücklich aus, alles ist beige und altrosa und bestimmt riecht es wahnsinnig gut überall, nicht wie bei ihr, der Müllsack steht schon seit zwei Tagen im Flur, aber sie hat keine Lust, ihn runterzubringen und die fünf Stockwerke wieder hinaufzugehen, immer muss man irgendwas runter- oder hochtragen, das ganze Leben ist so und es hört nie auf. Sie hat sich einen Monat gegeben, um mit der neuen Situation klarzukommen, aber nach einem Monat war sie immer noch traurig und nach einem weiteren hatte sie eingesehen, dass das jetzt die neue Katharina war, die traurige Katharina, die sich durch die Tage quälte und nicht schlafen konnte.

Heute arbeitet sie ausnahmsweise den ganzen Tag und fühlt sich besser, weil sie abgelenkt ist und sich einredet, gebraucht zu werden. Jetzt ist trotzdem Feierabend und sie auf dem Weg zum See, später kommt Johanna noch dazu, sie haben sich schon wieder einen Monat nicht gesehen. Katharina fühlt, wie die Wochen an ihr vorbeiziehen, es ist nicht einmal ein Hamsterrad, denn sie bewegt sich nicht, aber alles um sie herum; und diese Gleichzeitigkeit der Dinge, das ist es doch, was uns alle am Ende in den Wahnsinn treibt, dass da Babys in Altrosa gekleidet sind in riesigen Villen und gleichzeitig welche, die im Krieg zu Waisen werden, dass man alles haben kann und trotzdem unglücklich ist, dass man selbst einfach stehen geblieben ist, während alles um einen herum rast wie verrückt.

Heute ist ihr Ziel ein Schuppen mit einem Steg, der weit in den See hineinragt. Aus dem Schuppen heraus verkauft Holgi in den Sommermonaten Weißwein, Weißweinschorle und Bier, mehr gibt es nicht, aber die Leute kommen trotzdem. Jedes Jahr ist es ein bisschen voller, mittlerweile stehen auf dem Steg zwanzig Tische mit Stühlen. Früher war hier ein Bootsverleih, aber seit die alte Pächterin gestorben ist und Holgi sich den

Schuppen geangelt hat, ist dieser Ort immer beliebter geworden. Katharina kann es egal sein, sie darf immer, ohne anzustehen, direkt hinter die Theke und sich die Schorle selbst mischen, einen Sommer hat sie hier ausgeholfen, als Holgi Personalprobleme hatte, weil ihm zu spät klar geworden war, dass er ja auch noch Leute für die Kneipe braucht.

Heute ist Holgi noch nicht da und sie kennt die junge Frau hinter dem Tresen nicht, deshalb stellt sie sich ausnahmsweise in der Schlange an und nimmt ihr Glas mit ans Seeufer, weil sie keinen freien Platz mehr am Schuppen und auf dem Steg findet. Aus den Lautsprechern hört sie das Schlagerradio trotzdem bis zu ihrem Platz, sie erinnert sich, wie sie und Johanna hier vor Jahren lauthals mitgesungen haben, als am Abend höchstens zehn Gäste da waren. Damals war Johanna noch keine Mutter und Katharina war noch jemand mit einem Uterus, tja, so schnell kann sich alles ändern. Wer sie wohl ist, wenn sie im nächsten Sommer hier sitzt?

Das Ufer am See ist kaum befestigt, aber nach und nach zog sich die Vegetation zurück, weil die Menschen hier im Sommer heimlich baden und liegen. Das Naturbad ein paar Hundert Meter weiter ist für viele zu teuer geworden, die Stadt versucht seit Jahren beeindruckend erfolglos, das illegale Treiben zu unterbinden, aber Katharina kennt eine Stelle in der Nähe des Schuppens, die von Büschen verdeckt und abends fast immer leer ist. Dort setzt sie sich an den Rand des erhöhten Ufers in den schwarzen Sand, zieht sich die Schuhe aus und steckt die Füße ins kalte Wasser. Der See ist an dieser Stelle wild bewachsen, manchmal, wenn man ganz stillhält, kann man kleine Fische sehen, die zwischen den Baumwurzeln im Wasser hin und her flitzen. Äste hängen weit hinein ins Wasser, zwischen den Blättern blitzt die Abendsonne hindurch, wie sie es nur im August kann, ein bisschen faul, aber immer noch spitz genug. Katharina atmet ein und atmet aus und sie fühlt, wie sehr ihr das Atmen wehtut, jeder Muskel verspannt in ihrer Brust vom vielen Sitzen und Rubinesammeln in Hyrule. Sie erinnert sich, wie sie hier noch im letzten Sommer mit Schnittlauch gesessen hatte, wie sie gefühlt hatte, dass es bald vorbei sein würde, mit dem Sommer und mit ihnen. Sie vermisst seine Stimme oft, die war sehr besonders, jede Sprachnachricht von ihm hat sie geliebt und wenn sie nicht schlafen konnte, hat sie sie sich manchmal immer und immer wieder angehört, weil seine Stimme sie beruhigte. Alles an ihm hatte sie beruhigt, sein ganzes sanftes, träges Wesen, aber niemand kann immer nur beruhigt sein, bei niemandem ist immer nur Nacht, jeder braucht manchmal jemanden, der ihn nicht beruhigt, sondern fordert, der ihn nicht in den Schlaf wiegt, sondern ins Leben reißt. Schnittlauch hatte sich immer, wenn ihm alles zu viel war, also ständig, einen Joint gedreht und sie gefragt, ob ihr dieses oder jenes Problem, das sie gerade belastete, auch in drei Monaten noch zu schaffen machen würde und wenn die Antwort nein sei, lohne sich der Stress doch nicht. Katharina hatte dann immer gesagt, dass er das ja mal jemandem erzählen kann, der gerade nichts zu essen habe oder krank sei, und Schnittlauch hatte geantwortet, dass das ja wohl was anderes sei, und Katharina hatte ihm zugestimmt, damit er endlich seine Fresse hielt. Ein Gefühl ist ein Gefühl ist ein Gefühl, das ist da und schreit laut, das quäkt rum und will was, gesehen werden oder so, und dem Gefühl ist es egal, ob man es in drei Monaten noch fühlt, Gefühle kennen nur ein Gestern und ein Jetzt, sie kennen absolut kein Morgen.

Katharina denkt an Schnittlauchs Augen, die waren so türkis und wach, ganz anders als er. Er war grau und matt, die Art Mensch, die nach außen stark und unterhaltsam sein konnte, aber innerlich ein unsicheres Kind, das sich danach sehnte, nie etwas entscheiden zu müssen, zum Beispiel, ob sie nun seine Freundin sein durfte oder nicht. Seiner Ex würde das das Herz brechen, hatte er immer gesagt, «Das verkraftet sie nicht», und Katharina, so dumm, wie sie gewesen war, hatte das akzeptiert, denn die Gefühle einer Geister-Ex-Freundin waren natürlich wichtiger als ihre, sie wollte so sehr ein guter Mensch sein, der auf alle immer Rücksicht nimmt, dass sie überhaupt nicht gesehen hatte, dass niemand auf *sie* Rücksicht genommen hatte, nicht die ominöse Ex-Freundin, nicht Schnittlauch, nicht einmal Katharina selbst. Sie hatte über ein Jahr lang akzeptiert, dass Schnittlauch sie niemandem vorgestellt hatte, dass sie selbst ein Geist wurde, nach und nach. Er hatte Gaming zum Beruf gemacht und streamte nächtelang, Katharina dufte dann nie sein Zimmer betreten, damit man sie nicht im Stream sah, öffentliche Fotos von den beiden gab es nicht. Einmal hatte sie laut niesen müssen, als sie im Flur vorbeigegangen war, danach war Schnittlauch sehr wütend geworden und hatte ihr eine Woche lang unterstellt, dass das Absicht gewesen sei. Am Ende ihrer Beziehung waren sie noch ein letztes Mal gemeinsam in den Urlaub geflogen, Bulgarien, eine Woche alles inklusive, am zweiten Tag hatten sie sich getrennt, weil Katharina nach einem ganzen Tag in der Sonne und zig Tequila Sunrise aus gepanschtem Alkohol später endlich zum ersten Mal nach einem ganzen Jahr aus Schmerz und Scheiße den Mut aufgebracht hatte, zu fragen, wie er sich das eigentlich mit der gemeinsamen Zukunft vorstellte. Und natürlich hatte er sich herzlich wenig vorgestellt, genau genommen gar nichts und als sie sein leeres Gesicht nach ihrer Frage sah, in dem noch weniger als ohnehin schon passierte, war es endlich auch bei ihr angekommen. Schnittlauch hatte sich überhaupt nichts vorgestellt, er hatte sich ausgeruht auf ihr, nicht er hatte sie beruhigt, sondern sie ihn, sie war eine riesige, flauschige Kugel gewesen, in die man sich hineinfallen lassen konnte, eine rosa Wolke aus Genügsamkeit und Geduld, die es ihm ermöglichte, seine Streams zu machen und sich ansonsten um nichts zu kümmern, Katharina war ja da, um ihn zu bekochen und sein Leben zu managen, und dafür hatte sie nichts verlangt, nicht einmal, dass er die Beziehung öffentlich machte. Er stand vor ihr, in dem heruntergekommenen Hotelzimmer, es regnete draußen, mitten im Juli regnete es in ihrem verdammten Scheißsommerurlaub, nur eine der beiden Nachttischlampen erleuchtete den Raum, er hatte kurz zuvor noch neben ihr auf dem Kingsizebett gelegen und sie hatten gerade eine Folge einer Datingshow gesehen, in der einer der Kandidaten eine Frau vor dem Altar stehen gelassen hatte und sich danach sehr ausgiebig selbst bemitleidete, er sprach davon, dass er auch nicht wisse, wieso das nie mit den Frauen klappen würde, er hätte einfach das Gefühl, dass er nie Lust habe, mehr zu geben oder Kompromisse einzugehen, aber das sei ja irgendwie auch die Schuld der Frauen, denn so würde er testen, ob sie ihn wirklich wollten, und immer wenn er sich dann irgendwann sicher wäre, weil sie sein ganzes schlechtes Verhalten ewig mitgemacht hatten, hätten *sie* dann keine Lust mehr. Da hatte sie gedacht, es wäre doch jetzt einmal an der Zeit zu fragen, wie es zwischen ihnen eigentlich so weitergehen solle.

Er hatte herumgedruckst und dann hatte sie geschrien, sie hatte sich die Stimme wund und das Herz frei gebrüllt, alles hatte sie ihm gesagt, all ihre Trauer hatte sie auf ihn geschmissen, damit endlich mal er und nicht immer nur sie alles tragen musste, sie hatte ihn bedeckt mit Vorwürfen, die alle den Tatsachen entsprachen, und als sie sich leer gewütet hatte, fühlte sie sich zum ersten Mal seit langer Zeit befreit. Schnittlauch hatte bloß dagelegen und irgendwann Tränen in den Augen gehabt und er hatte ihr wahnsinnig leidgetan und weil Mitleid die Liebe tötet, war es damit endlich besiegelt gewesen. Es war vorbei. Leider gibt es in Hotels keinen Break-up-Nachlass, obschon das wirklich mehr als fair wäre, und weder Schnittlauch noch Katharina hatten genug Geld, um sich in der Anlage während der Hauptsaison spontan noch ein weiteres Zimmer für dreihundertvierzig Euro die Nacht zu mieten. So mussten sie die nächsten vier Tage miteinander verbringen und ironischerweise gehörten ebenjene zu den glücklichsten ihrer gemeinsamen Zeit. Die Schwere war plötzlich fort und machte einer fast kindischen Leichtigkeit Platz, sie lachten ständig, sie hatten zum ersten Mal seit langer Zeit wieder Sex, sie knutschten wie zwei Teenager und kicherten wie Kinder im Meer beim Schnorcheln. Am vorletzten Tag hatte sie spontan Postkarten für sie beide gekauft und ihn damit überrascht, sie hatte in der Euphorie dieser Tage extra hässliche gewählt, die aussahen, als hätte sie jemand mit Alkoholproblem nachts um drei mit Paint designt. Er hatte am Pool auf sie gewartet, sie hatte ihm die Karten lachend überreicht und gleich bemerkt, dass er sich merkwürdig verhielt. Sie hatte das ignoriert und ihre beiden Karten geschrieben. Dann hatte sie bemerkt, dass er sich nicht geregt hatte, nichts geschrieben, nichts gemacht. Und dann hatte sie es endgültig verstanden.

8

Katharina hängt ihren Gedanken nach und verläuft sich fast schon wieder darin. Manchmal ist es gut, wenn man nicht zu viel nachdenkt, das hatte er immer gesagt. Sie holt ihr iPhone aus dem Rucksack und sieht, dass Johanna gleich da sein wird, «in 5 Minuten». Johanna ist immer unpünktlich und Katharina immer zu früh dran. Es gab Jahre, in denen war es andersherum, aber seit Johanna Mutter ist, hat sich alles geändert. Vor ein paar Wochen waren sie zum Kuchenessen verabredet gewesen und Johanna war fast eine Stunde zu spät gekommen. Katharina hatte versucht, sich nicht darüber zu ärgern, weil sie weiß, dass Eltern das nicht mit Absicht oder aus Gleichgültigkeit machen. Trotzdem hat sie genervt geschaut, als Johanna endlich ins Café gehetzt kam und sich nicht einmal richtig entschuldigt hat. Sie will nicht genervt sein von Eltern, erst recht nicht von Müttern. Sie setzt sich Noise-Cancelling-Kopfhörer im Ruheabteil auf, wenn eine verzweifelte Mutter mit ihrem Kind kämpft. Sie hilft Kinderwagen U-Bahn-Treppen hinaufzuwuchten und bietet Kindern ihren Platz in der S-Bahn an. Sie nimmt sich zurück, sie hilft, sie versucht, ein besserer Mensch zu sein als irgendwelche Männer, die nie Rücksicht nehmen, oder irgendwelche Frauen, die sich genervt wegdrehen, sobald ein Kind am Nebentisch mal etwas lauter ist. Ganz heimlich hat sie sich aber gefragt, wer eigentlich mal auf sie Rücksicht nimmt. Als das Loch noch ganz offen und wund war, hatte sie sich manchmal gewünscht, es wäre sichtbarer, ein riesiges, klaffendes, rundes Loch in ihrem Bauch, durch das man hindurchsehen könnte, als sei sie ein Donut. Sie muss lachen beim Gedanken daran, wie ein Donut auszusehen, und Johanna fragt plötzlich hinter ihr: «Na, was gibt's zu lachen?», und Katharina erzählt ihr von ihren Gedanken. Nur ohne die kleine Wut darüber, dass niemand auf sie Rücksicht nimmt. Selbstverständlich.

«Bist du dann mittlerweile wieder ein Brötchen oder immer noch ein Donut?», fragt Johanna und nimmt einen Schluck aus Katharinas Glas.

Katharina schaut auf den See hinaus, auf das ziemlich klare Wasser und die Arschloch-Schwäne, vor denen sie Angst hat, und überhaupt, welcher normale Mensch hat denn keine Angst vor den Viechern, wie konnte es überhaupt jemals so weit kommen, dass sie ein Symbol für Liebe wurden, Schwäne sind aus Hass, purem Hass, mit dem sie jeden Menschen verachten, sie sind die Definition von In-die-Hand-Beißen, die einen füttert. Sie sieht die Menschen, die in der Abendsonne noch eine Runde schwimmen, sie sieht die kleinen Boote und hört die Schlagermusik, sie spürt die erdrückende Wärme, die sie in Berlin noch einmal ganz neu kennengelernt hat, wenn es seit Wochen dreißig Grad heiß ist und alles wie unter dem Brennglas existiert und flimmert und in Slow Motion vor sich hin kriecht, und sie riecht die verbrannten Blätter und die Algen im See und sie sieht das ganze große, wilde Leben um sie herum, all die Bewegung, die Wünsche, das Hoffen und das Beben, all das Sommerflirren, all die warmen Nächte, den Rausch, die Liebe und sie atmet ein und sie atmet aus und dann weint sie, sie weint so sehr, dass Johanna sich erschreckt und das Glas umstößt, das in den See rollt und einfach versinkt, sorry, Holgi. Sie weint so sehr, dass es sie schüttelt, wie ein Sommergewitter weint sie Hagel und Sturm, es flutet aus ihr heraus und nach drei Minuten ist alles vorbei.

«Okay, also eher noch so Donut, der seit drei Tagen in einer Pfütze liegt, verstehe», sagt Johanna.

Katharina nickt und lacht. Ja, sie liegt schon ganz schön lange im Regen rum, während alle um sie herum einen Sonnenbrand haben.

«Wie ist es im Sonnenheim?»

«Sonnenhang.»

«Wie ist es im Sommerheim?»

«Ich muss da noch ankommen. Ich erzähl es dir unterwegs, okay?»

«Unterwegs wohin?», fragt Johanna.

«Unterwegs zu dem Ort, an dem du mir einen neuen Wein kaufst, Johanna.»

«Ich habe dich getröstet! Aus deiner Nase ist eine Rotzfontäne gekommen, die war so eklig, wenn die es bis zum Seewasser geschafft hätte, müssten wir jetzt das Umweltamt anrufen, ich schulde dir gar nichts.»

Sie lachen und stehen auf, kämpfen sich durch das Gebüsch und zurück auf den Sandweg zum Schuppen.

«Sonnenhang ist ... interessant. Manni hat 'ne geheime Werkstatt im Keller, die schaue ich mir bald mal an. Crazy Margot ist crazy und ich glaube, Christine ist die Hälfte der Zeit weggetreten und auf dem Weg dahin, jemanden umzubringen. Paola habe ich seit dem ersten Tag nicht mehr gesehen.»

«Zum Glück», lacht Johanna und sagt dann etwas ernster: «Aber fühlt es sich irgendwie ... sinnvoll an?»

Noch bevor sie antworten kann, erreichen sie den Schuppen. Es ist brechend voll. Holgi steht jetzt auch hinter dem Tresen und als er sie sieht, schreit er: «Die Königin ist da!»

Katharina ist das unangenehm, die Leute starren sie an, aber Holgi winkt sie an allen vorbei. Er umarmt sie, sie riecht den Schweiß in seinem Nylonhemd. Seine Glatze leuchtet beinahe in der Sonne und seine Augen sehen trüb aus. «Trink mal 'n Glas Wasser, Holgi», sagt sie besorgt und er winkt ab. «Ist für die Fische, nicht für mich.»

Johanna hat in der Zwischenzeit zwei Stühle für sie klargemacht, die Holgi noch hinter der Theke verstaut hatte, und sie setzen sich auf den Steg, ganz an den Rand, direkt ans Wasser. Schweigend trinken sie, die Sonne geht langsam unter.

Katharina will fragen, wie es mit den Kindern läuft,

aber irgendwie kann sie heute nicht darüber sprechen. Johanna erzählt auch von sich aus nicht, was gerade in der Familie los ist. Die beiden kennen sich seit zehn Jahren und Johanna spürt, dass heute kein guter Tag ist für Geschichten über volle Windeln und schlaflose Nächte, weil in allem ja doch immer dieses kleine Glück mitschwingt, nicht alleine zu sein, auch wenn sie sich manchmal nichts mehr wünscht, als endlich mal völlig alleine zu sein. Und mit manchmal meint sie sehr, sehr oft. Katharina hat dafür nicht immer Verständnis, weil sie viel zu viel zu allein ist. Das, was die eine Freundin zu wenig hat, hat die andere im Überfluss. Katharina könnte manchmal schreien vor Alleinsein und dieser konstanten, erdrückenden Stille in ihrer Wohnung. Sicher, sie kommt klar, sie kann eine Waschmaschine anschließen, Dübel in Wände bringen und ihre Möbel selbst zusammenbauen, sie kann allein ins Kino gehen und sich um sich selbst kümmern, wenn sie krank ist, sie führt ein vollständiges Leben ohne einen Mann, aber darum geht's nicht. Es geht nicht darum, dass sie jemanden braucht. Es geht darum, dass sie jemanden will. Jemanden, der mit ihr die ganze Scheiße und das ganze Schöne teilt, jemand, der mal für sie kocht. Es geht darum, dass sie jemand tröstet und jemand mit ihr in den Urlaub fährt, jemand, mit dem sie sich kaputtlacht, jemand, der mit ihr Videospiele spielt und immer gegen sie im Kniffel verliert und sich darüber nur halb ernst ärgert, jemand, der sie versteht, und jemand, der sie liebt, jemand, der nachts länger aufbleibt, weil sie nicht schlafen kann, jemand, der sie daran erinnert, auch mal etwas anderes als Kaffee zu trinken, jemand, der sie begehrt, jemand, der sich immer über die gleichen Dinge aufregt und sich trotzdem immer freut, wenn sie nach Hause kommt, jemand, der sie anschaut, als sei sie etwas Besonderes, denn darum geht es doch, dass da jemand ist, der uns vergessen lässt, wie wenig besonders wir alle sind, das Gegenteil wird ständig behauptet, aber wenn alle so besonders wären, wären wir alle gleich wenig besonders. Und wieso müssen wir das überhaupt sein, wieso reicht es nicht, völlig durchschnittlich zu sein, komplett egal, einfach nur am Leben, am Atmen, am Scheißen, am Kotzen, am Schlafen, am Arbeiten, einfach nur existieren, wieso müssen alle Popstars sein, wieso können wir nicht einsehen, dass unser Wert sich nicht darüber definiert, wie besonders wir sind, wie viel krasser, schöner, wie sehr anders als alle anderen, sondern nur durch die Resonanzräume zwischen uns und den anderen, zwischen uns und allem, für den einen Menschen besonders, für alle anderen nicht. Wieso reicht es nicht, dass wir für jemanden etwas bedeuten, dass wir Töchter und Söhne sind, Väter und Mütter, dass wir Schwestern und Brüder sind, Freunde und Freundinnen, Kollegen, Angestellte oder einfach die Nachbarin, wieso müssen wir immer anders als alle anderen sein, obwohl es doch so gemütlich ist, einfach komplett durchschnittlich vor sich hin zu leben. Und wenn wir dann so besonders und aufregend und anders sind, dann darf es auch nur auf eine bestimmte Art sein, es darf nicht bedeuten, dass wir nur ein Bein haben oder Depressionen, es darf nicht bedeuten, dass wir zu hübsch sind oder zu schlau, denn dann ist es auch wieder nicht recht, wir müssen nur so anders sein, dass man uns noch erreichen könnte, oder so erfolgreich anders, dass man uns niemals erreichen könnte. Katharina ist das alles so leid, noch mehr als das Alleinsein hasst sie es, dass alle ständig etwas Besonderes für alle sein wollen, weil sie denken, dass das hilft gegen die Einsamkeit, gegen das Loch im Bauch, gegen das Gefühl, ein Donut zu sein.

«Ich hätte gerne mal wieder Sex», sagt sie und Johanna lacht: «Ich auch.»

«Ich habe Tinder wieder angeschmissen.»

«Oh Gott, es geht in die nächste Runde, hört, hört ihr Jecken, Katharina kommt in eure Stadt und verliebt sich dann alle elf Minuten in einen kompletten Lappen!»

«Es geht wirklich nur um Sex, Johanna», sagt Katharina genervt.

«Ich will einfach mal wieder ficken.»

Johanna lacht noch lauter.

«Ich hatte seit einem Jahr keinen, seit Schnittlauch weg ist. Es wird einfach Zeit.»

«Willst du dir nicht lieber mal jemanden suchen, der kein Lauch ist? Jemand, der dir gewachsen ist? Den du auch in fünf Jahren noch gut findest?»

«Ach so, ja, Johanna, klar, Mann, ich bin so dumm, ich such mir einfach so einen, ich habe einfach nicht richtig geguckt die letzten Jahre, aber jetzt sehe ich es ganz klar, lass mich kurz Tinder öffnen und morgen ist er da, ich fühl das! Der wartet schon auf mich, der Traummann, der hat sich das ganze Leben nach einer Werberin mit Burnout gesehnt, die keine Kinder kriegen kann und seitdem eine Lebenskrise schiebt, mein Gott, wieso hab ich nicht einfach richtig gesucht?»

«Ich hol mal Nachschub», sagt Johanna und steht auf. Ein bisschen schwankt sie schon, sie verträgt seit den Kindern nichts mehr, immer ist irgendwas, schwanger oder stillen oder müde, Katharina fragt sich manchmal, warum sie darauf so neidisch ist.

Als Johanna neue Getränke holt, öffnet Katharina tatsächlich die Dating-App und sieht, dass sie ein neues Match hat. Der sexy Ire, der so ernst und gleichzeitig verschmitzt schaut, ein bisschen wie Schnittlauch sieht er aus, rötliche Haare und Sommersprossen und ein Dreitagebart, groß, stämmig. Sein Profil war schlau und lustig, Katharina hatte ihn vor ein paar Tagen nach rechts geswiped und gehofft, dass er sie matchen würde.

Er hat ihr direkt eine Nachricht geschrieben.

Hi Katharina, ich liebe Kniffeln und hasse Bier,
sag es bitte nicht meiner Mutter, die enterbt mich sonst,
wann Date?

Katharina lacht und will gerade antworten, als ihr das Telefon aus der Hand gerissen wird.

«Soso, ich liebe Kniffeln und rede direkt von meiner Mutter, na, da haben wir ja den perfekten Kandidaten für die nächsten drei Monate, bis ihm einfällt, dass keine ist wie Mama!»

«Halt's Maul», sagt Katharina und Johanna setzt sich

mit dem Smartphone wieder neben sie und beginnt zu tippen.

Katharina will ihr das Handy aus der Hand nehmen, aber Johanna hat schon auf Absenden gedrückt. Panisch liest Katharina die Nachricht:

Oh, ich dachte, du wärst schon volljährig, schade.

«Danke. Der war wirklich heiß. Cool, dass du mir meine einzige Chance auf Sex mit einem heißen Iren versaut hast.»

«That's what friends are for, darling!»

Katharina steckt das Handy in ihre Tasche zurück und seufzt.

«Es ist ja schön, dass du auf mich aufpasst, aber mein Leben kann nicht nur aus Altenheim und Arbeit bestehen.»

«Nein, es könnte auch aus Teneriffa und einem kleinen Häuschen bestehen. Wie ist der Stand?»

Katharina hatte Johanna vor einer Weile erzählt, dass sie von dem Erbe ihres Vaters ein kleines Häuschen auf Teneriffa kaufen wolle, irgendwo im Norden, irgendwo in den Bergen, mit Blick auf den Atlantik, das war ihre Exit-Strategie. Sie stellte sich Nachmittage in der Sonne vor, kurz bevor der Nebel die Hänge hinabrollte. Sie stellte sich jedes Wochenende schwarzen Sandstrand vor und zu den Walen rausfahren und lesen und immer Sommer und nie mehr frieren. Sie stellte sich vor, von dort aus zu arbeiten und alles hinter sich zu lassen, das Geld ihres Vaters würde sogar für eine Weile ohne Arbeit reichen, er hatte sein ganzes Geld gespart, es waren dreihunderttausend Euro, das würde für die Anzahlung locker reichen und für ein Jahr mit wenig oder gar keiner Arbeit, wenn sie genügsam lebte. Eigentlich hatte sie immer darauf gewartet, dass sie den richtigen Mann dafür kennenlernen würde, und dann würden sie zusammen auswandern, sich was aufbauen, bei Instagram Bilder der legendären Sonnenuntergänge über dem Atlantik posten oder wie sie gemeinsam wandern gehen, aber ohne dass sie dabei schwitzen, weil sie so fit wären, einfach ein Powercouple, schaut mal, Leute, wir sind so ein Paar, das immer etwas Tolles unternimmt und nicht einfach auf der Couch Chips frisst und sich anschweigt, wir gehen wandern und schwimmen im Meer und retten Delfine und sammeln Müll am Strand und abends lesen wir beide auf der Terrasse englischsprachige Bücher und essen selbst gepflückte Oliven und das Brot, das ich gebacken habe. Irgendwann käme auch ein Kind dazu, ein wunderschönes Baby, das immer in Beige und Pastellgrün gekleidet wäre, und dann würden sie Kooperationen machen und davon leben, das wäre einfach perfekt und manchmal würde sie allen erzählen, wie anstrengend das auch alles ist, puh, das kann sich niemand vorstellen, die Schattenseiten ihres perfekten Lebens sind zum Beispiel, dass sie wieder die halbe Nacht was für *Rasmus Johann Michael* gebastelt hat, weil sie so eine Perfektionistin ist, und *gestern hat der sogar zehn Minuten geschrien, aber dann kam zum Glück die Nanny, äh, Nachbarin zufällig vorbei und hat ihn beruhigt, na ja, meine Follies, wollte euch nur mal erzäh-*

len, dass wir auch leiden wie ihr in eurem hässlichen Deutschland, das wir einfach hinter uns lassen mussten, weil wir euren Neid nicht ertragen, ekelhaft. Hier mein Code, mit dem ihr vier Prozent auf Sachen spart, die ihr ohne mich nie gewollt hättet, ich bin morgen wieder für euch da, macht euch keine Sorgen, ja, der Mann und ich brauchen mal einen Tag für uns, an dem wir Digital Detox machen, weil eure ständigen dummen Nachfragen, wo ich was gekauft habe und was ich für eine Skincare habe und wie ich den Krieg in Nahost finde, echt superanstrengend sind und ich einfach mal Pause von euch kleinen Schweinchen brauche.

Natürlich hatte sie sich all das nicht wirklich so gewünscht, aber manchmal neidisch auf die Influencerinnen geschaut, denen sie folgte. Sie wäre schon zufrieden gewesen, wenn sie überhaupt einen Mann hätte und ein Kind, aber nach Teneriffa wäre sie trotzdem gerne ausgewandert. Was blieb jetzt von diesem Traum?

«Keine Ahnung, ich weiß nicht, ob ich das allein schaffe.»

Johanna beugt sich vor sie, ihre rotbraunen Haare leuchten in den letzten Sonnenstrahlen und sie sagt plötzlich sehr ernst: «Katharina, ich kenne keine, die das eher schaffen würde als du. Du bist die krasseste Person, die ich kenne. Du hast dieses Jahr überlebt, du kannst alles.»

Katharina schnaubt verächtlich.

«Oh Mann, Johanna, du kannst dir nicht vorstellen, wie sehr ich keinen Bock mehr habe, alles zu schaffen. Ich will nicht die Krasseste sein, ich will mich ausruhen dürfen und traurig sein, ich will, dass mich jemand in den Arm nimmt und mir ein Baby macht, ich will, dass ich mich nicht mehr so fühle, ich will gar nichts mehr schaffen, ich will einfach nur mal 'ne Weile sein, einfach nix mehr ertragen müssen, nichts vermissen, kein Schmerz, weißt du? Ich will einfach mal nicht stark sein, sondern so schwach, dass ich wie ein Donut im Regen rumgammel und alle mich ganz vorsichtig tragen müssen, weil ich sonst auseinanderfalle.»

«Es wird jemand kommen, Katharina, ich verspreche es dir.»

Katharina nickt, aber glaubt ihr kein Wort. Sie ist völlig hoffnungslos und das ist noch viel schlimmer, als traurig zu sein.

9

Mannis Werkstatt gleicht einem Bunkerraum, in dem die Überlebenden von Elektroschrott und Kabeln leben müssen. Offenbar hat Manni große Angst davor, jemals etwas wegschmeißen zu müssen, deshalb klebt er einfach auf alles diese kleinen Etikettendrucker-Schildchen und schreibt den Namen der Dinge drauf, an denen sie kleben:

Grünes Kabel; TV; Becher grün Schrauben; weißes Kabel lang; weißes Kabel dick; Sat Kabel 100 dB; DAB+ Adapter; 4 V Akku Lötkolben.

Selbst an seinem Kaffeebecher («Opa weiß alles und wenn nicht, denkt er sich was aus») klebt ein «Mein Kaffeebecher»-Etikett.

«Manni, sag mal, hast du da irgendwie eine Sucht entwickelt oder so was?», fragt Katharina ihn mit der Kaffeetasse in der Hand.

«Schau mal, was da draufsteht.»

«Mein Kaffeebecher», liest Katharina vor.

«Was das wohl bedeuten könnte?», fragt Manni.

«Dass es dein Kaffeebecher ist?»

«Jetzt hast du es!», ruft Manni und nimmt ihr den Becher aus der Hand.

«Warum schreibst du bei allem drauf, was es ist, wenn man doch sieht, was es ist?», fragt Katharina.

Manni antwortet nicht. Katharina schaut sich in dem Raum um, der im Hauptgebäude ganz hinten liegt, versteckt von unzähligen anderen Kellerräumen. Dort werden, das hat Manni erzählt, Krankenakten gelagert und das Klopapier.

«Auf dem Dachboden ist auch alles voller Klopapier, es ist, als würden wir hier alle ununterbrochen scheißen, Frau Katharina. Swetlana hat mal gesagt, dass von nichts genügend da ist und ständig was fehlt, aber Klopapier haben wir für die nächsten zwanzig Jahre.»

Katharina lacht. Sie sitzt auf einem Schemel (Etikett: «Schemel») vor der Werkbank, die sich auf der rechten Seite des Raums befindet. An der Werkbank ist ein Schraubstock angebracht, an der Schattenwand dahinter befindet sich ein ausgeklügeltes Hängesystem für das Werkzeug (unnötig zu erwähnen, dass auch hier alles beschriftet und jedes Werkzeug mit einem Edding umrahmt wurde, damit es niemals jemals woanders hängt, als es das immer schon tat). Die Werkbank ist voller Brand- und Ölflecken, ein Lötkolben liegt in einer Kiste zusammen mit alten Platinen. Unter der Werkbank befinden sich Rollcontainer mit unzähligen Schubladen, darin einige voller Schrauben und andere bis obenhin mit Schmirgelpapier gefüllt.

Neben der Werkbank steht eine Kiste, die überquillt von Holzstücken, abgeschnittenen Rohren und aufgerissenen Kabeln. Als Katharina sie sieht, lacht sie und fragt:

«Manni, was ist denn *hier* passiert!?»

Manni, der mit dem Rücken zu ihr steht und in einem der Regale etwas sucht, dreht sich nicht einmal um. Er weiß auch so, wovon sie spricht.

«Darüber möchte ich nicht sprechen. Das ist meine Kann-ich-bestimmt-noch-irgendwann-gebrauchen-Kiste, lass die in Ruhe.»

Katharina zieht ein kleines, schmales Brett mit mehreren Nägeln am Ende darin aus der Kiste.

«Ist das Kunst oder willst du damit Margot töten?»

Jetzt dreht Manni sich doch um und streicht sich mit der rechten Hand über seinen weißen Siebentagebart, in der linken hat er eine Art schwarzes Röhrchen.

Er setzt sich auf einen Stuhl neben Katharina und sagt: «Ach, lass Margot, die meisten Leute verstehen sie nicht, aber die ist 'ne Gute. Ist eine liebe Frau. Gib mal das Ding her jetzt.»

Katharina legt ihr kaputtes Ladekabel auf die Werkbank und Manni entfernt die Isolierung rund um die Stelle, an der das Kabel ausgefranst ist. Dann schneidet er mit einem Cuttermesser den Schrumpfschlauch auf die passende Länge. Seine alten Hände zittern meistens, aber dabei sind sie ganz ruhig.

«Wie lange bist du eigentlich schon hier, Manni? Wenn ich mich hier so umgucke, bestimmt schon zwanzig Jahre, oder? Dabei bist du doch erst höchstens fünfundvierzig.»

Manni lacht und fummelt dabei den Schrumpfschlauch über das Kabel.

«Seit sieben Jahren. Kam nach einem Schlaganfall hierher, rechtes Bein gelähmt, die Familie fand, dass ich nicht mehr alleine zu Hause sein sollte, diese undankbaren Pisser.»

Er räuspert sich.

«Pardon. Ehrlich gesagt war es das Beste, was passieren konnte.»

«Inwiefern?»

«Reich mir mal den Föhn da.»

Katharina nimmt die Heißluftpistole von der Wand, das Kabel ist so ordentlich und fest aufgewickelt, dass sie es kaum abwickeln kann.

«Also?», fragt sie wieder.

Manni stellt einfach den Föhn an, auf die höchste Stufe, und schreit: «Bitte den Busfahrer bei der Fahrt nicht ansprechen!»

«Föhnst du da gerade das Kabel?», ruft Katharina zurück und Manni kneift die Augen zusammen, so als müsse er sich ganz stark konzentrieren jetzt.

Er bewegt die Heißluftpistole über das Kabel, dabei dreht er es unablässig zwischen seinen Fingerspitzen und Katharina sieht, dass sie voller Hornhaut sind. Arbeiterhände. Manni stellt den Föhn aus und drückt auf dem Kabel herum. Dann legt er es auf die Werkbank und scheint in einen Sekundenschlaf zu verfallen.

«Oh Gott, Manni, ist alles in Ordnung?», fragt Katharina besorgt, dann greift sie nach dem Kabel. In Sekundenschnelle haut Manni ihr auf die Hand und zischt: «Finger weg.»

Er seufzt. «Das ist heiß, Mädel. Lass Manni mal in Ruhe hier arbeiten. Ist gleich fertig.»

Katharina schweigt jetzt, den Busfahrer besser nicht bei der Fahrt ansprechen. Nach einer gefühlten Ewigkeit prüft Manni das Kabel und schiebt es ihr schließlich rüber. «Ist fertig. Probier mal.»

Katharina steckt es in ihren Adapter und schließt ihn an die Steckdose an. Ihr Smartphone lädt.

«Wow, Manni, da habe ich dank dir ja ganze drei Euro gespart!»

«Tja, schade, dass ich dafür fünf nehme.»

Sie lacht, er nicht. Stattdessen zeigt er auf ein Glas, das auf einem der Regale steht. Darin ist jede Menge Kleingeld und ein paar Scheine.

«Echt jetzt?», fragt Katharina und Manni nickt ernst.

«Du warst früher bestimmt beim Finanzamt oder so», murrt Katharina, während sie in ihrem Rucksack nach dem Portemonnaie sucht.

«Korrekt.»

Als sie das Glas aufschraubt und die Münzen hineinfallen lässt, immer noch ein wenig überzeugt davon, dass Manni nur scherzt, steht dieser auf und beginnt, alles wieder fein säuberlich zu verstauen.

Katharina sieht ihm dabei zu, diesem wirklich alten Mann, der trotzdem nicht wie zweiundachtzig wirkt. Aber mit den Alten ist es wie mit den Jungen: Man sieht Ihnen ihr Alter nicht an, Katharinas Mutter ist neunundsechzig und sieht aus wie Anfang fünfzig und sie selbst wird auch dauernd jünger geschätzt, aber wenn sie die

Praktikantinnen und jungen Studentinnen in der Agentur sieht, weiß sie manchmal nicht, ob sie Anfang zwanzig oder Ende dreißig sind.

Mannis Bein wirkt immer ein wenig schlaff, man sieht, dass es nicht mehr ganz so funktionstüchtig wie das andere ist. Das ist ihr schon ein paarmal aufgefallen, wenn sie mit ihm spazieren gegangen oder er vor ihr gelaufen ist. Manchmal nimmt er dann den Stock, aber es wirkt so, als sei er wie viele Männer seiner Generation tunlichst darauf bedacht, so selbstständig wie möglich zu bleiben und sich keine Schwächen anmerken zu lassen. Wenn Manni mit den Pflegekräften zusammen ist oder an den Spielenachmittagen mit den anderen herumwitzelt, scheint er die Rolle des vornehmen alten Mannes zu spielen, dem der Stock nichts ausmacht, der ihn im Gegenteil sogar schmückt. Nie hätte Katharina gedacht, dass ausgerechnet er eine Werkstatt hat oder Wörter wie «Pisser» benutzt. Aber ihr gegenüber scheint sich der alte Mann zu öffnen, eine andere Seite von sich zu zeigen. Sie kennt ihn jetzt seit zwei Monaten, in die Werkstatt hat er sie aber erst einmal zuvor mitgenommen. Sie durfte nur ganz kurz einen Blick hineinwerfen, dann knipste Manni direkt das Licht wieder aus und scheuchte sie die steile Kellertreppe hinauf, die zum Hinterhof des Anwesens führt. Er wollte spazieren gehen, das war ihm bei Wind und Wetter die größte Freude und Katharina tat ihm jeden zweiten Samstag den Gefallen, wenn die Spielrunden vorüber waren.

Heute jedoch schleicht sich der Herbst in die Stadt,

die ersten Blätter fallen und es regnet schon den ganzen Tag. Katharina kam völlig durchnässt zum Spielenachmittag, traf aber auf eine Gruppe bestens gelaunter Senioren und Seniorinnen, gewann im Kniffel gegen Margot (nicht gut), verlor beim Backgammon gegen Simone Schöffling (wie immer) und half Christine bei ihrem Sudoku (zumindest so lange, bis Christine ihr das Heft aus der Hand riss und es wütend auf den Boden schmiss). Einzig dass Umut heute krank war, war ein Wermutstropfen, denn in letzter Zeit war er immer regelmäßiger zu den Nachmittagen dazugekommen, sobald er fertig mit der Frühschicht gewesen war. Katharina würde nicht behaupten, dass sie Freunde waren, aber letztens hatte er für alle Börek mitgebracht und nur für sie extra welche mit Schafskäse und Chili gemacht. Seine Frau war die beste Köchin der Welt, ihre Sarmas waren die köstlichsten, die Katharina je gegessen hatte. Außerdem konnten die beiden sich ewig über Zelda unterhalten und Umut liebte wie Katharina Trash-TV und immer, wenn seine Frau, die als Ärztin in der Charité arbeitet, und er es mit dem Schichtdienst vereinbaren konnten, schauten sie alles, was ein RTL-plus-Abo hergab. Manchmal brachte er ihr ausrangierte Klatschmagazine mit, die die alten Leute ausgelesen hatten, und sie rauchten zusammen eine und lachten sich über die Schlagzeilen kaputt. Umut hatte es perfektioniert, Cathy Hummels' Moderationskünste zu imitieren, und brachte sie auch sonst ständig zum Lachen. Manchmal sah sie ihn an, diesen hübschen, großen Mann, seine Tattoos, seinen vollen Bart und diese unfassbar tiefen Augen und wünschte sich, er wäre ihr Freund. Aber der Ring an seinem Finger erinnerte sie jedes Mal wieder daran, dass aus ihnen keine filmreife Liebesgeschichte wurde, in der sich der Pfleger in die Ehrenamtliche verliebte, tja, Pech gehabt. Ohnehin konnte Katharina sich nicht vorstellen, dass irgendein Mann sie begehren könnte, sie nahm immer mehr zu und je frustrierter sie darüber war, desto mehr aß sie. An manchen Abenden kam der Lieferdienst zweimal und sie trug jetzt immer öfter Jogginghosen, weil ihre Jeans nicht mehr passten. Sie scrollte sich durch Instafeeds voller wunderschöner, dicker Frauen, versuchte, Bodypositivity für sich zu entdecken, sich zu lieben, egal, wie sehr sie zunahm. Und je mehr sie daran scheiterte, desto schlechter fühlte sie sich, denn so eine tolle, moderne Frau war sie also, die es nicht schaffte, ihren dicken Körper zu lieben, der das Begehren von Männern so wichtig war, dass sie ob der Abwesenheit ebendieses Begehrens in sich zusammenfiel, sich immer hässlicher und weniger liebenswert fand und auf dem besten Weg war, sich aufzugeben.

Die Gewichtszunahme führte dazu, dass sie nicht nur ihren Körper nicht mehr akzeptieren konnte, sondern auch *sich* nicht mehr, denn wenn sie sich nicht gerade für ihre vermeintlich fehlende Disziplin hasste, verachtete sie sich dafür, nicht darüberzustehen, nicht dazu zu stehen, nicht feministisch und unabhängig genug zu sein. Manchmal dachte sie darüber nach, Instagram einfach zu löschen, diese ekelhafte Scheiß-App, nach deren Konsum man sich wie nach dem zweiten Mal Lieferdienst fühlte.

Aber wie so viele andere Frauen konnte sie das Sichvergleichen nicht lassen, sie war süchtig danach, sich das Leben anderer anzuschauen, und immer waren alle am Ende schöner, besser, lustiger, schlauer als sie und sie legte das Smartphone frustriert und eingeschüchtert weg. Um keine zehn Minuten später wieder Instagram zu öffnen.

Die Leute sagten oft, dass sie Digital Detox brauchten, weil die Flut an Nachrichten sie stresste, aber Katharina stressten nicht die Nachrichten, sondern die bloße Anwesenheit all dieser Leben, die nicht ihres waren. All die Mütter und ihre Männer, die immer glücklich aussahen, all die Frauen, die Sport machten und ausgingen und enge Bodys dabei trugen, und all die Typen, die am Samstagmorgen schon im Gym waren. Katharina hatte den Eindruck, dass nur sie alleine zu Hause saß und alles in sich hineinstopfte, die ganzen Gefühle mit Käse überbacken und Mayonnaise gefüllt in sich hineinfraß. Sie wusste, sie musste etwas ändern, aber sie wusste nicht, was. Alles fühlte sich seit einer geraumen Weile leer und wie Papier an, als sei die ganze Welt nur eine getrocknete und schlecht angemalte Pappmachématsche, ihr Laptop, ihr Bett, ihre Wohnung, die Tram. Es war, als würde nur sie den Umstand bemerken, dass alles unecht und modrig war, als würden die Menschen um sie herum alle so tun, als sei die Welt noch die Welt, nur sie allein wüsste, dass sie sich alle in einer gigantischen Piñata befinden, und ihr Verstand prügelte darauf ein, aber heraus kam immer nur noch mehr Matsche und nie Süßigkeiten.

Ein lautes Scheppern reißt sie aus ihren Gedanken, Manni hat das Kehrblech fallen gelassen und bückt sich umständlich danach.

«Hast du echt im Finanzamt gearbeitet?», fragt Katharina und Manni lacht.

«Ich war Vorsteher. Der Chef, Frau Katharina.»

«Wie war das so, in einem Amt zu arbeiten, vor dem alle Angst haben?»

«Meistens ziemlich angenehm.»

«Ja, habe ich mir gedacht. Lustig, dass ausgerechnet jemand wie du derjenige ist, der die Werkstatt hier hat.»

Manni hat inzwischen die Schaufel aufgesammelt und verstaut sie im Regal.

«Menschen stecken voller Überraschungen. Das ist hoffentlich etwas, das du in deinem zarten Alter schon verstanden hast. Die Menschen sind nicht, wie sie scheinen, und das ist das Gute und manchmal ist das auch das Schlimmste, was es gibt. Ich hätte auch nicht gedacht, dass ich meinen Lebensabend mal an so einem Ort mit lauter alten Schachteln verbringen würde, die mir ständig auf die Nerven gehen. Manni, das Rad ist schon wieder locker, Manni, das Radio klingt so komisch, Manni, ich hab was an meinem Handy verstellt, Manni, die Kaffeemaschine geht nicht mehr an, Manni hier, Manni da, Manni …»

Ein Rumpeln lässt ihn mitten im Satz hochfahren, dann brüllt er: «Margot, bist du das?» und Katharina lacht, als eine zarte Stimme von außen ruft: «Nee, hier ist dat Finanzamt.»

Katharina springt auf und öffnet Margot die Tür, die sich langsam an ihr vorbeidrängt, als sei Katharina gar nicht da, und sich auf den freien Schemel fallen lässt. Sie ringt nach Luft, Katharina ist schon oft aufgefallen, dass sie nur noch kurze Strecken zu Fuß schafft, seit der Rollator wieder weg ist. Noch bevor Manni ein Wort sagen kann, stellt sie eine Flasche Eierlikör auf die Werkbank und kramt umständlich aus ihrer Handtasche eine Packung Schokobecher hervor. Sie stellt zwei davon vor sich, schraubt die Flasche auf und gießt sich und Manni ein wenig davon in die Becher. Dann sagt sie «Prost, Dickerchen» und ohne abzuwarten, trinkt sie ihren Becher in einem Zug leer, steckt sich dann den kompletten Schokobecher in den Mund und zerbeißt ihn mit einem einzigen Bissen. Katharina ist beeindruckt.

«Unhöflich», sagt Manni und hält Katharina seinen Becher hin.

«Dürft ihr das?», fragt sie und Margot und Manni lachen sich kaputt. Katharina verteidigt sich: «Also ja, klar, ihr dürft machen, was ihr wollt, aber was ist mit den Medikamenten, verträgt sich das denn?» Manni und Margot lachen noch lauter. Margot reißt Katharina den Becher aus der Hand und trinkt auch ihn einfach leer, dann nimmt sie einen neuen aus der Plastikpackung und füllt ihn bis an den Rand.

Katharina ist die ganze Situation unangenehm, sie ist zerrissen zwischen der Scham, offenbar etwas Dummes gesagt zu haben, und der Sorge, dass das hier auf sie zurückfallen könnte.

«Mädchen, wir sterben sowieso», sagt Margot nur und prostet Manni zu.

«Also, leider nicht schnell genug», ergänzt sie und es sieht gar nicht aus, als würde sie das als Witz meinen.

«Da hinten ist noch ein Stuhl, Frau Katharina», sagt Manni und Katharina zieht sich den klapprigen Holzstuhl heran. Wie ein kleiner Stuhlkreis sitzen sie nun da, Manni und Margot vor der Werkbank und sie vor ihnen. Eine winzig kleine Eierlikör-Selbsthilfegruppe. Katharina fragt sich, warum alte Menschen so gerne diese eklige Plörre trinken, und dann fragt sie es sicherheitshalber auch noch einmal die beiden. Manni schaut ein bisschen beleidigt und fragt Margot, ob die Frau Katharina sie gerade beide «alt» genannt hat. Dann steht er auf und geht zum Ende des Raums, holt zwei Pfeffi-Fläschchen und einen Piccolo aus einer Art Minibar und bringt alles zur Werkbank. «Meine Güte, Manni, bist du verliebt in Katharina oder was ist hier los?», fragt Margot und Manni antwortet: «Ich helfe hier jedem mit allem, was ich kann, auch Frau Katharina kriegt, was sie gerne mag.»

Katharina hat große Lust auf den kalten Sekt und den Likör, eigentlich hat sie ja auch längst Feierabend, aber sie traut sich nicht so recht.

Margot bemerkt ihr Zögern und sagt fast liebevoll: «Mädchen, wir verraten es keinem, die Ulla saß hier auch mit uns und die ist auch nicht dran gestorben.»

Manni öffnet einen der Pfefferminzliköre und hält ihn Katharina hin. «Ach, scheiß drauf», sagt sie und trinkt ihn mit einem Schluck leer.

Der Schnaps brennt im Magen und schmeckt wie ausgespucktes Mundwasser, aber Sekunden später wird ihr warm und sie nimmt auch noch den zweiten.

«Das sage ich der Leitung», sagt Margot und Katharina verschluckt sich fast an dem Piccolo, den sie mittlerweile auch geöffnet hat. Sie lacht so sehr, dass die Kohlensäure ihr in die Nase steigt und Manni ihr auf den Rücken klopft, damit sie nicht erstickt vor Lachen und Husten. Katharina hat zum ersten Mal seit langer Zeit das Gefühl, etwas wäre echt. Etwas fühlt sich nicht an wie aus grauer, ekliger Matsche. Vielleicht ist es der Alkohol, vielleicht sind es aber auch diese zwei Menschen, in deren Gegenwart sie sich für einen Augenblick fast so etwas wie geborgen fühlt.

Margots Blick ist milchig, sie ist offenbar betrunken. Mannis Wangen glühen und er zeigt Margot das reparierte Kabel. Margot lacht.

«Und der Michael denkt immer noch, dass du nicht weißt, wie man ein Handy bedient, oder?»

«Ja und das bleibt auch so. Wehe, du sagst dem das.»

«Wer ist Michael?», fragt Katharina.

«Mein Sohn.»

«Manni hat keine Lust auf die Familien-WhatsApp-Gruppe und tut deshalb so, als wüsste er nicht, wie ein Handy funktioniert. Und die glauben dem das auch noch. Der kann alles reparieren und wusste mehr als dieser komische Heini, der uns letztes Jahr beim IT-Kurs was vom Pferd erzählen wollte. Aber die Familie denkt wirklich, dass er wegen des Schlaganfalls vergessen hat, wie so ein

Ding funktioniert. Die sind so blöd, die glauben wirklich alles.»

«Nenn meine Familie nicht blöd», sagt Manni halb ernst und halb im Scherz, «nur man selber darf seine eigene Familie so nennen.»

«Jetzt sei nicht so empfindlich, die haben dich ins Heim abgeschoben, wie nennst du sie noch immer? Die Pissnelken?»

«Pisser», sagen Katharina und Manni zur gleichen Zeit.

«Pisser», wiederholt Margot, «die Pisser, die du auch noch trösten musstest, weil die so ein schlechtes Gewissen hatten. Ich habe kein Mitleid mit diesen Menschen, Manfred. Und du solltest es auch nicht haben.»

«Na ja, jetzt ist ja alles gut und alles so gekommen, wie es soll, Prost, Mädels!», sagt Manni und man merkt, dass er das Gespräch an dieser Stelle nicht weiterführen will.

Er schaltet stattdessen das Radio an und wippt sofort mit dem gesunden Bein zum Schlagzeugsolo, das gerade zu hören ist. Auch Margot bewegt ihren Kopf zum Takt der Musik und die beiden wirken für einen Augenblick gar nicht mehr wie zwei sehr alte Menschen, sondern wie zwei Teenager, die im Bus mit der Boombox stehen und den nervigen Deutschrap fühlen, den sie ganz laut hören müssen. Ganz, ganz laut.

Als das Lied zu Ende ist, fragt Katharina: «Und, Margot, wie ist das Leben so, wenn man den ganzen Tag heimlich Eierlikör trinken kann?» und Margot kriegt sofort schlechte Laune. «Was ist das denn für eine Frage?» Sie schaut ganz entrüstet.

Katharina ist verwirrt: «Was ist an der Frage falsch?»

«Als Nächstes fragst du noch, was meine Ratschläge sind, um so alt zu werden wie wir, ja? Das ist hier kein Film über alte Leute und gleich sage ich dir, dass das Geheimnis ist, immer Sonnencreme zu tragen und täglich Gymnastik zu machen. Ich hasse Eierlikör, das ist ein Alte-Leute-Getränk, bah.»

Katharina versteht jetzt gar nichts mehr.

«Meine Güte, du verstehst es nicht. Sie versteht es nicht, Manni.»

«Was verstehe ich nicht?»

«Das Leben hier ist nicht Eierlikör und Kniffel und süße alte Leute, die ein bisschen tüdelig sind.»

Manni nickt.

«Wir sind hier abgestellt, Katharina. Geparkt, aber ohne dass uns jemals jemand wieder abholt. Ich hasse Eierlikör, verstehst du?»

Katharina versteht nicht.

«Die lassen uns hier nichts trinken, wenn die Ärztin sagt, dass das mit den Medikamenten nicht geht. Nur wenn man Geburtstag hat oder Weihnachten ist. Früher bin ich manchmal ins Künstlereck hier um die Ecke, kennst du das?»

Katharina kennt es nicht.

«Aber die geben mir nix mehr, weil die mich dann manchmal wieder hierherbringen mussten und dann hat Paola das mitbekommen und seitdem ist nix mehr mit Künstlereck. Aber weißt du, womit was ist? Mit meiner Freundin Inge. Und weißt du, was die gerne trinkt? Genau. Und die bringt den mit, verstehst du? Und ich sage nichts, kapiert?»

Katharina fragt: «Aber die anderen können dir doch was reinschmuggeln? Manni hat doch sogar einen vollen Kühlschrank hier. Und ihr dürft doch raus.»

«Ich bin keine Gaststätte», sagt Manni und meidet Margots Blick.

«Er ist keine Gaststätte», wiederholt Margot ironisch. Ihr Blick ist dabei wütend.

«Und ich schaff's nicht mehr bis zum Netto. Die machen hier auch ein Gewese darum. Leute in deinem Alter trinken das ganze Wochenende und ich darf nicht mal meine zwei Bier am Abend. So ist das, wenn man hier ist. Man hat nicht mehr das Sagen, Katharina.»

«Na ja», murmelt Manni.

«Na ja was?»

«Wir wollen uns hier nicht streiten», entgegnet Manni beschwichtigend. «Außerdem wollen wir Frau Katharina nicht verschrecken, oder?»

«Das merkt die schon alles noch von allein», sagt Margot und presst dann die Lippen zusammen. Sie will noch etwas hinzufügen, aber schweigt dann doch lieber.

Im Radio läuft jetzt *Little Lies* von Fleetwood Mac und Katharina ruft: «Ich liebe dieses Lied, mach mal bitte lauter!» und dann steht sie auf und tanzt vor den beiden. Margot wippt mit dem Kopf und Manni lächelt und ruft: «Das Lied gefällt dir?» Und Katharina singt laut mit. Als sie sich wieder setzt, schämt sie sich ein bisschen.

Sie ist hier, um sich um die alten Leute zu kümmern,

sie ein bisschen abzulenken, mit ihnen Spiele zu spielen. Und jetzt tanzt sie hier angetrunken in einem Keller, als sei sie auf einer WG-Party. Das Loch fällt ihr plötzlich wieder ein und sie versucht mit aller Macht, nicht daran zu denken. Hektisch greift sie nach der Piccoloflasche und trinkt den letzten Schluck.

«Eigentlich ist hier alles total in Ordnung», sagt Manni aus dem Nichts. Es wirkt, als wolle er ihr versichern, dass alles gut ist. Hier, im Sonnenhang und in ihr auch. Alles ist gut. Alles ist total in Ordnung.

Dann haut er mit beiden Händen auf seine Oberschenkel und sagt: «So.»

Margot mault, dass sie sich doch gerade erst hierhingesetzt hätten, und Manni zeigt auf die Uhr an der Wand. Es ist mittlerweile Viertel nach sechs und das Abendessen wartet.

10

Sie hat wieder mit dem Rauchen angefangen. So richtig. Erst ein bisschen, samstags, wenn sie im Sonnenhang war. Dann hat sie eine Zeit lang nur abends geraucht, dann abends und am Wochenende und jetzt raucht sie die erste Zigarette schon morgens mit zittrigen Fingern. Sie hasst es, dass die Küche danach riecht, aber gleichzeitig hat sie auch nicht die Kraft, jetzt wieder damit aufzuhören. Außerdem ist sie aufgeregt, denn sie fliegt in ein paar Stunden nach Teneriffa. Den Flug hat sie spontan gebucht, die Unterkunft liegt im Norden, in La Quinta, in der Nähe von Puerto de la Cruz. Die Anlage ist eine normale Wohnanlage, die aus vier zweistöckigen Häusern besteht, in denen sich jeweils vier Apartments befinden. Sie hat gleich zehn Tage gebucht, weil sie wirklich mal rausmuss. Auch wenn ihr Kasper wie immer fehlen wird, braucht sie diese Zeit jetzt für sich. Die frühen Herbststürme zerren an ihren Nerven, die Hälfte der Bewohner im Sonnenhang ist krank und somit fallen die Spielenachmittage aus, aus Sorge, dass sich bei Gruppenaktivitäten noch mehr von ihnen anstecken. Die Grippe geht um, obwohl die meisten dagegen geimpft sind. Das sorgt zum Glück dafür, dass fast alle nur milde Symptome haben, aber Paola hat sie trotzdem vor zwei Wochen informiert, dass die Residenz auf Nummer sicher gehen will und sie erst einmal, bis die meisten genesen sind, nicht kommen solle. Katharina hat sich nach Manni und Margot erkundigt, aber Paola sagte, dass sie darüber keine Auskunft geben dürfte. Seitdem macht sich Katharina Sorgen. Sie spürt, dass etwas nicht stimmt, aber auch Umut antwortet ausweichend, wenn es um die Gesundheit der Bewohner geht. «Datenschutz, Baby», hatte er geschrieben, mit einem Deutschlandflagge- und einem Lach-Emoji dahinter.

Nachts war sie von den Stürmen aufgeschreckt, die ihre Fenster klappern ließen, und tagsüber quälte sie eine Migräne, die sie einfach nicht loswurde. Alina hatte ihre Augenringe im Videocall bemerkt und ihr angeboten, dass sie sprechen könnten, wenn sie jemanden bräuchte. Katharina hatte sie eines Abends tatsächlich angerufen und Alina hatte ihr lange zugehört und dann gesagt, dass sie mal rausmüsse. «Du buchst jetzt den Flug, während ich dabei bin», hatte sie gesagt und Katharina war ihr gefolgt, blind und ergeben, in der völligen Sicherheit, dass absolut jeder Mensch gerade besser wusste, was sie brauchte, als sie selbst. Am nächsten Morgen war sie aufgewacht und hatte sich ein wenig erleichtert gefühlt. Teneriffa, endlich wieder. Das würde ihr helfen. Das würde es doch, oder? Sie hatte alles bei der Arbeit für ihre Abwesenheit vorbereitet, ihren Koffer gepackt und versucht, so wenig wie möglich nachzudenken. Sie wusste, die Zweifel würden kommen und die Ängste, wie jedes Mal. Sie war schon dreimal allein auf der Insel gewesen, sie war sich eigentlich sicher, dass alles gut gehen würde, aber die generelle Unsicherheit, die sie seit sehr langer Zeit verspürte in Bezug auf so ziemlich alles, egal, ob es um ihren Körper ging oder um Pizzabelag oder darum, ob zwischen Umut und ihr nicht doch etwas war, quetschte sich ständig zwischen zwei Gedanken, zwischen jedes Gefühl und jede Freude. Vermutlich war sie nur wahnsinnig erschöpft, aber so kannte sie sich nicht. Sie war eigentlich jemand, der gerne Entscheidungen traf und dann auch gut mit ihnen leben konnte. Sie hasste diese Menschen, die alles ewig abwogen und an allem zweifelten und die so langsam lebten, dass die Angst sich gelangweilt von ihnen abwandte.

Der Taxifahrer rast auf dem Weg zum BER so, dass Katharina schlecht wird. Er will sich mit ihr über Fahrradfahrer streiten, aber sie kennt den Trick schon: nichts sagen und lächeln. Diese Unterhaltung kann sie nicht gewinnen. Sie will sich freuen, sie will sich so sehr freuen, dass sie jetzt keine schlechten Gefühle aushalten kann, sie will keinen Konflikt und keine Diskussionen über Dinge, die ihr im Grunde sowieso völlig egal sind. Nach zehn Minuten schweigt der Fahrer und den Rest der Strecke rasen sie in Stille durch den Herbstregen. Auf Teneriffa ist es um diese Jahreszeit noch warm, an manchen Tagen richtig heiß. Sie will wandern gehen und hat dafür extra eine Tour gebucht, so richtig mit Guide und in einer Gruppe. Außerdem kann sie es kaum abwarten, endlich wieder im Atlantik zu schwimmen und sich danach in den heißen, schwarzen Sand fallen zu lassen. Mit dem Bus ist sie in zwanzig Minuten am Strand.

Als sie im Flugzeug sitzt, sieht sie, dass Alina und Johanna ihr geschrieben haben und ihr einen guten Flug wünschen. Katharina hat sich einen Fensterplatz gebucht und schaltet aufgeregt ihr Handy aus. Sie kann den Start kaum abwarten, sie liebt das Gefühl, wenn die Rollen abheben, wenn sich dieser ganze dicke, schwere Stahlkoloss in die Luft erhebt. Sie wird nie begreifen, wie so was möglich ist, und weil sie es nie begreifen wird, wird sie sich bis zum Rest ihres Lebens wundern, sie wird für immer in diesem Moment staunen und sich fühlen, als wäre sie dabei, wenn etwas ganz und gar Unmögliches passiert.

Der Mittelsitz neben ihr ist frei, auf den Gangplatz hat sich eine andere junge Frau gesetzt, die nervös an ihren Nägeln kaut. Gerade als das Bordpersonal die schwere Luke zugezogen hat, sieht sie, wie eine Flugbegleiterin zu einer älteren Frau in der Sitzreihe neben ihrer eilt und laut fragt: «Ist alles in Ordnung? Geht es Ihnen gut?» Die Frau ist blass und reagiert kaum, ihr Mann neben ihr hält ihre Hand und sieht dabei genervt aus. Katharina versucht, nicht so genau hinzusehen, als ein weiterer Flugbegleiter mit einem Becher Wasser zu Hilfe kommt und am Arm der alten Frau rüttelt. Die macht endlich die Augen auf und sagt, dass sie nur unterzuckert sei. Sofort bringt ihr jemand Orangensaft. Katharina will nicht egoistisch sein, aber sie betet insgeheim, dass der

Start nicht gestoppt werden muss. Wenn ein Krankenwagen gerufen wird, stehen sie hier noch in zwei Stunden und sie verpasst ihren geplanten Bus zur Unterkunft. Die junge Frau neben ihr hat ihr Smartphone in der Hand und als Katharina bemerkt, dass sie heimlich die Szene filmt, räuspert sie sich laut. Die junge Frau dreht sich zu ihr, versteht sie aber falsch und flüstert: «Diese alten Leute nerven so, oder?»

«Ja, voll, immer haben die irgendwas, können die nicht einfach sterben?», antwortet Katharina und jetzt versteht die Frau. Sie antwortet nicht, aber hört mit dem Filmen auf.

Der alten Dame scheint es langsam besser zu gehen, sie hat wieder etwas Farbe im Gesicht und trinkt in kleinen Schlucken ihren Orangensaft. Ihr Mann hat ihre Hand losgelassen und sich weggedreht, er blickt starr aus dem Fenster und Katharina beobachtet, wie die Frau mit zittrigen Händen den nun leeren Becher in das Netzteil vor sich schiebt, sich zurücklehnt und die Augen schließt. Sie wirkt völlig verloren und allein. Es bricht ihr das Herz.

Schon beim Landeanflug spürt Katharina, dass etwas anders ist als sonst, sie spürt ganz deutlich, dass sie es eben nicht spürt, dieses Gefühl, das sie sonst immer hat, wenn das Flugzeug über der Insel kreist, bis es zur endgültigen Landung ansetzen kann. Das aufgeregte Kribbeln ist nicht da, diese unbändige Vorfreude, als würde sie ihr Herz in der Hand halten, wild schlägt es normalerweise da drin rum, elektrisiert und voller Leben, wenn sie die Wellen sieht, die an der Küste brechen, und die Walfamilien erahnt, die sie bald aus der Nähe sehen wird. Aber ihr Herz ist ganz still, es steckt fest in ihrer Brust und rührt sich nicht, nicht einmal, als das Flugzeug die Landebahn berührt. Erst als die Panik in ihr hochkriecht, spürt sie das Pochen. Es ist ein unheilvolles Vibrieren, wie ein stiller Alarm, den nur sie allein hören kann. Die Panik kommt, weil sie nicht aufhören kann daran zu denken, dass sie selbst hier nicht glücklich ist und wenn es nicht einmal hier geht, geht es doch nirgendwo? Sie redet sich selbst gut zu, sagt sich, dass sie doch noch nicht einmal ausgestiegen sei, dass sie sich nicht so stressen solle, dass schon alles gut werde. Das Gefühl bleibt. Es bleibt bis zum Vorplatz des Flughafens, auf dem sie ihren Bus sucht, es bleibt, als sie ihren schweren Koffer beim Umsteigen aus dem *Guagua* zerrt und dabei fast das Gleichgewicht verliert und eine ältere deutsche Touristin hinter ihr sie anraunzt, dass sie gefälligst aufpassen solle. Es bleibt, als sie den Koffer die Straße hinaufzieht, achtundzwanzig Grad sind es und sie schwitzt wie eine Irre, der Schweiß läuft ihr die Stirn hinab und sie schämt sich schon wieder für sich selbst, es bleibt, als sie den Code für die Apartmenttür eingibt, und es bleibt, als sie die Tür hinter sich schließt. Es fühlt sich wie ein Fehler an, hier zu sein, aber sie weiß nicht, was sie falsch gemacht hat. Ganz im Gegenteil hat sie doch versucht, dieses eine Mal alles richtig zu machen. Sich zu erholen, auf sich aufzupassen, sich etwas Gutes zu tun, so, wie es die

Frauen in ihrem Alter in den Filmen und im Internet machen. Sie hat all die Bilder schon im Kopf, die Selfies mit Sonnenbrille und Bikini am Pool, die Storys von ihrem Handtuch im schwarzen Sand, Sonnencreme und Buch dabei, ein ironisches Hashtag dazu, weil sie ja ganz anders ist als all diese peinlichen Influencer, sie ist selbstironisch und klug. Sie hat diese Bilder schon vor sich gesehen, als sie gebucht hatte, die Sonnenuntergänge über dem Meer, das sie von hier aus, oben in den Bergen, sehen kann; die Fotos von Sonnenbrandrändern, kleinen Gassen in Santa Cruz, den Bäumen im Anaga-Gebirge, ihrem abgesplitterten Nagellack, wenn sie ein kaltes Glas Wasser in der Hand hält, an dem das Kondenswasser in dicken Tropfen klebt, und von den verrückten Strandpromenaden im Süden mit den Touristen und dem Elvis, der jeden Abend um achtzehn Uhr am gleichen Fleck steht und singt für die Rentner, die Walzer vor ihm tanzen, egal, welches Lied er spielt. Sie hat das alles schon vor sich gesehen und vielleicht ist genau das das Problem. Sie hat sich eine Zukunft ausgemalt, die für andere ansehnlich und hübsch ist, die allen etwas beweist, egal was, Hauptsache, sie ist auch mal so eine und nicht eine, die ohne Uterus in ihrer Einzimmerwohnung vor sich hin vegetiert und den ganzen Tag Zelda spielt und sich selbst bemitleidet. Sie hat Bücher mitgenommen, die sich gut fotografieren und sie belesen und empfindsam wirken lassen, sie hat Outfits mitgenommen, die lässig und schick sind und mit denen sie gleichzeitig entspannt und aktiv wirkt. Sie hat eine Einwegkamera mitgenommen, mit der sie unter Wasser Schnappschüsse machen kann. Sie hat den Schnorchel mitgenommen und die wasserdichte Bauchtasche, in der sie ihre Wertsachen verstauen kann, wenn sie schwimmen geht. Sie hat zwei Playlists zusammengestellt und ein Sudoku-Heft mitgenommen, sie hat wirklich an alles gedacht, nur sich hat sie vergessen, nicht mitgenommen, irgendwo liegt sie noch in Berlin herum und der Körper ist in den Urlaub gefahren, ohne sie, tja, was soll man machen und bis bald.

Das Wasser im unbeheizten Pool, der sich im Garten der Anlage befindet, ist eiskalt, Katharina bekommt für eine Sekunde keine Luft und taucht wieder auf, sie will sich nichts anmerken lassen. Am Beckenrand liegt eine schwäbische Familie, die ebenfalls hier ein Apartment gebucht hat, Katharina hat sie angesprochen, aber schnell gemerkt, dass die junge Mutter keine Lust auf sie hat und der Vater schlechte Laune. Von ihrer Liege aus beobachtet sie die beiden. Die Mutter spricht unablässig mit ihrem Baby, kommentiert alles, jede Bewegung, es ist, als würde sie absolut jeden Gedanken, den sie hat, aussprechen, als sei sie eine Art Sprachcomputer, der unablässig die Umwelt vorliest, ja, schau, da schwimmt der Papa, dem ist ganz schön kalt, brr brr, der friert ganz doll, aber bei der Mama bist du sicher, die geht nicht in den Pool, die passt auf dich auf, ja, was ist das denn, ist das dein Spielzeug, ja schau, dein Spielzeug, da ist dein Spielzeug, schau schau.

Der Mann schwimmt, ohne aufzusehen, Bahnen, er ist jung, durchtrainiert und hübsch anzusehen, als die

Mutter Katharinas Blick bemerkt, geht sie näher zum Beckenrand mit dem Baby im Arm.

Katharina hat die beiden gefragt, wie lange sie schon hier sind und wie lange sie bleiben wollen, und die Mutter hatte «Seit zwei Monaten und noch drei Wochen» geantwortet und als Katharina sie lachend «Elternzeit?» gefragt hatte, hatte die Frau böse geguckt und patzig «Ja?» geantwortet, so, als hätte die Frage sie beleidigt.

Katharina versucht, die beiden zu ignorieren. Außer den Schwaben ist noch ein älterer, sehr, sehr rotbrauner Mann mit einem gigantischen Bauch am Pool, der sie mit seinen Blicken ausgezogen hatte, als sie im Bikini an ihm vorbeigegangen war. Wenigstens hatte jemand noch einen größeren Bauch als sie, hatte sie gedacht und sich für den Gedanken geschämt.

Katharina fühlt sich einsam. Sie raucht trotzig eine Zigarette nach der anderen und ignoriert den bösen Blick der Mutter. Sie weiß auch nicht so recht, was ihr Problem ist, denn sie liegt mindestens zehn Meter von der Familie entfernt an der anderen Seite des Pools. Am Abend sieht sie den Vater auf ein Rennrad steigen und in den Sonnenuntergang fahren, er kommt erst zwei Stunden später zurück.

Katharina sitzt auf ihrem Balkon, raucht und trinkt Rotwein. Sie hat sich einen Salat gemacht und versucht, sich gut zu fühlen. Gleichzeitig versucht sie seit Monaten, möglichst wenig zu spüren, und wahrscheinlich ist das das ganze Problem: Man kann nicht gleichzeitig nichts fühlen, aber glücklich sein wollen. Wenn man sich auf Gefühle einließ, musste man immer das ganze Kindermenü nehmen, mit allem Drum und Dran, Pommes, Cola, Burger, Apfeltasche, selbst wenn man den Rest wegschmiss, überreicht bekam man immer die ganze fettige, stinkende Tüte.

In der Nacht gibt es einen kleinen Sturm, sie wacht von den Palmenblättern auf, die gegen ihr Schlafzimmerfenster knallen, und ein wenig muss sie lachen, weil der Scheißwind sie nicht mal hier in Ruhe lässt.

Am nächsten Tag ist der Atlantik wegen des Sturms so wild, dass man nicht ins Meer kann, am Strand sind rote Fahnen gehisst und ein Absperrband flattert im Wind. Katharina sitzt auf ihrem Strandtuch im heißen Sand und versucht, sich gut zu fühlen. Es gelingt ihr nicht.

Am späten Nachmittag fährt sie mit dem Bus zurück zum Apartment und geht für die letzten Sonnenstrahlen an den Pool. Die beiden Schwaben grüßen sie nicht.

Die Wanderung am dritten Tag wird eine Herausforderung. Ihr Bus stand im Stau, sie ist eine halbe Stunde zu spät am Treffpunkt, die anderen sind schon mit einem weiteren Bus in Richtung Gebirge gefahren. Sie nimmt sich ein Taxi, rast die steilen Straßen hinauf und erreicht die Gruppe gerade noch rechtzeitig. Der Guide ist ein attraktiver, junger Spanier vom Festland, der mittelmäßig gute Witze auf Englisch macht, aber ständig verbissen zu schnell läuft. In ihrer Gruppe wandern noch eine Mexikanerin und ihr schottischer Ehemann mit, ein Paar aus Belgien und eine sehr junge, sportliche Deutsche aus Luxemburg, die noch schneller als der Guide läuft und ständig zehn Minuten eher als der Rest der kleinen Gruppe am nächsten Checkpoint ist. Der Guide lästert über Amerikaner, für die sei der Weg zum Treffpunkt im Gebirge schon eine Herausforderung und wandern könnten sie gar nicht, würden aber immer seine Tour buchen, obwohl die sechs Stunden ginge und sie nach einer halben schon schmerzende Füße hätten. Die Deutschen seien die besten Wanderer, sagt er und schaut dabei nicht Katharina an, sondern das junge Mädchen. Die lächelt stolz und Katharina isst das Fladenbrot mit Hummus, das der Guide für alle mitgebracht hat. Er sagt, der Hummus sei der beste der Insel und Katharina verkneift sich zu sagen, dass der in Berlin ein Witz wäre. Manchmal halten sie an Schluchten und Aussichtspunkten und machen brav nacheinander Bilder. Es ist absurd, wie sie sich aufstellen und warten, bis sie an der Reihe sind, um den nächsten phänomenalen Blick von hier oben auf das Meer zu fotografieren. Katharina bittet die Deutsche, ein Bild mit ihrem Smartphone von ihr zu machen. Sie bedankt sich begeistert, als sie es sieht, und löscht es dann heimlich sofort.

Beim Abstieg rutscht Katharina ein paarmal auf dem Geröll aus und fällt einen kleinen Abhang hinunter, zum Glück verletzt sie sich nicht. Der schottische Rentner hat Teleskopwanderstöcke dabei und alle außer Katharina tragen Wanderschuhe. Am Ende der sechsstündigen Wanderung gehen sie noch zusammen ein Bier trinken. Katharina verabschiedet sich vor der Bar, sie könne leider nicht mehr mitkommen, sie hätte noch etwas vor. Es kümmert niemanden. Im Bus nach Hause sehnt sie sich nach dem Pool, der ihre schmerzenden Füße kühlt. Aber nachdem sie geduscht hat, legt sie sich im Wohnzimmer unter die Klimaanlage und beschließt, nie wieder aufzustehen. Die Tränen kommen plötzlich und heftig, wie damals am See mit Johanna. Sie tropfen auf den PVC-Holzimitatboden und bilden kleine Pfützen. Katharina spürt so etwas wie Erleichterung. Das Weinen fühlt sich an wie ein Voraustrupp der Feuerwehr, es erkundet die Trauer nur und löscht gerade das Notwendigste, aber das Brennen hört für eine kurze Weile auf.

Und so liegt sie da, nackt auf dem Boden, die Klimaanlage rauscht und fast döst sie weg, so erschöpft ist sie, als sie ihr Telefon neben sich vibrieren hört. Eigentlich hat sie keine Lust nachzusehen, bestimmt ist es nur ihre Mutter, die ihr Tipps für ein Restaurant geben will, oder Johanna, die sich nach ihr erkundigt, oder Alina, die ihr einen WhatsApp-Sticker von Sören schickt, von dem sie manchmal heimlich Fotos macht und daraus dann hässliche Sticker, über die sie beide immer sehr lachen müssen.

Katharina hat ihren Laptop extra zu Hause gelassen, sie wird hier nicht arbeiten und auch keine Filme gucken, sie wird hier Bücher lesen und in die Natur fahren und sich selbst aushalten, egal, wie schwer das auch sein mag. Zum ersten Mal, seit sie hier ist, fühlt sie sich gut. Leer, aber auf die gute Weise. Auf die süße Weise, die nur Tränen schaffen, die allen Schmutz vom Herzen weggewaschen haben, den ganzen Gedankendreck und all die ekligen Selbstvorwürfe, weil man nicht glücklicher ist, obwohl man doch fast alles hat.

Sie liegt noch eine Weile so da und versucht, diesen Zustand zu genießen. Sie spürt sogar so etwas wie Hoffnung. Ja, sie wird niemals Kinder bekommen und die einzigen Menschen, bei denen sie sich gerade wohlfühlt, sind alle über achtzig. Ja, das Leben ist halt manchmal nicht fair, aber sie ist ansonsten völlig gesund, sie hat Freunde und sie hat noch eine Menge vor sich. Morgen wird sie in die Stadt fahren und ein paar Gegenden erkunden, in denen Wohnungen zum Verkauf stehen. Das mit dem Haus in den Bergen hat sie sich abgeschminkt, weil sie sich nicht vorstellen kann, allein dort zu leben, aber eine kleine Wohnung in einer der Städte kann sie sich hier auch vorstellen. Sie hat zu Hause ein paar Angebote ausgedruckt und sich die Standorte angesehen. Sie will noch nichts besichtigen, aber schauen kann man ja mal. Und während sie darüber nachdenkt, fühlt sie es endlich. Das Herz in ihrer Hand pocht. Es pocht vor Aufregung und vor Vorfreude auf einfach alles. Sie ist hier, ganz allein und sie kann sich um sich selbst kümmern. Dann bleibt sie eben Single, dann ist ihr Weg eben ganz anders als gedacht. Und während das Herz pocht, schläft sie ein, auf dem Boden unter der Klimaanlage am schönsten Ort der Welt.

11

«Gerade ist ein Rentnerpaar an mir vorbeigefahren, sie vorne, er hinten auf diesen doppelten elektrischen Rollstühlen, die zweireihig sind, Umut. Sie hat so eine Kappe getragen, bei der oben die Haare rausfliegen, und ihre Arme haben im Wind geweht und er hatte eine verspiegelte schnelle Brille auf und einen Selfiestick in der Hand und ich schwöre, die sahen so glücklich aus, das kannst du dir gar nicht vorstellen, haha.»

Umut antwortet mit einem Lach-Emoji.

Gestern war sie mitten in der Nacht wach geworden, ihr Rücken hatte wehgetan und sie fror, sie war unter der Klimaanlage eingeschlafen. Als sie unter die Bettdecke gekrochen war, hatte sie noch schnell auf ihr Telefon geschaut. Tatsächlich hatten sich Alina und Johanna gemeldet, aber auch eine Nachricht von Umut war dabei gewesen, in der er sie fragte, wie es ihr so ginge.

Sie hatte ihm geschrieben, dass sie gerade im Urlaub sei, und er hatte ihr heute Morgen, auf dem Weg zu seiner Frühschicht, geantwortet. Sie hatte ihn nicht nach den Bewohnern gefragt, nicht mit Absicht, sie hatte es einfach vergessen.

Jetzt steht sie an einer lauten Kreuzung an der Strandpromenade und hat bereits zwei Viertel besichtigt. Sie hat das Treiben auf den Straßen beobachtet, in einem kleinen Café gefrühstückt und sich vorgestellt, wie es wäre, hier ein halbes Jahr am Stück zu verbringen. Der Gedanke hat ihr gefallen. Später will sie noch ins Meer, seit heute sind die Strände wieder grün beflaggt. Sie freut sich auf die nächsten Tage und besonders auf morgen, wenn sie mit einem der Touristenboote im Süden rausfahren wird, um hoffentlich ein paar Wale zu sehen. Sie ist jetzt schon ein wenig braun geworden und die Schwere ist einer Leichtigkeit gewichen, die sich schön und hoffnungsvoll anfühlt.

Sie schlendert durch die Gassen, setzt sich in einer Nebenstraße vor ein schäbiges Touristenrestaurant und isst aus Versehen den besten Fisch, den sie je hatte. Die Kellnerin ist Deutsche und als sie bemerkt, dass Katharina ebenfalls aus Deutschland kommt, schimpft sie über die Ampel-Regierung und die deutsche Bürokratie. Katharina fragt sie, ob sie hier lebe, und die Kellnerin bejaht. Eine Sekunde lang denkt sie darüber nach, sie zu fragen, ob sie beide, während sie noch hier ist, etwas unternehmen wollen, aber beschließt dann schnell, dass ihr menschlicher Kontakt nicht so wichtig ist, dass sie sich das Geschimpfe einer Kellnerin oder die schlechte Laune einer schwäbischen Mutter dafür antun muss. Sie bezahlt und geht zum Strand. Die Wellen sind noch hoch, sie ist sich nicht ganz sicher, ob sie sich ins Wasser traut, deshalb döst sie für eine Weile auf ihrem Strandtuch und raucht heimlich so, dass die Strandwacht es nicht sieht. Sie macht ein paar Selfies und sieht auf allen verschwitzt und rot aus, die Haare strähnig. Sie fragt sich, wie die anderen Frauen das machen, die sich am Strand fotografieren und deren Beachwaves sexy und nicht eklig aussehen. Sie postet trotzdem bei Instagram ein Bild und schreibt «Mehr Realität auf Instagram» dazu, was ironisch ist, denn in dem Moment, in dem man betont, dass etwas ja wohl ganz normal sei, betont man lediglich, wie ungewöhnlich es ist. Etwas, das normal ist, erwähnt man nicht extra. Sie freut sich trotzdem über die Nachrichten, in denen ihre Freunde schreiben, wie glücklich und erholt sie aussieht. Gerade als sie sich bereit macht, sich endlich ins Wasser zu trauen, und das Telefon in ihrer wasserdichten Bauchtasche verstaut hat, vibriert es. Und obwohl sie sofort fühlt, dass sie jetzt nicht nachsehen sollte, fummelt sie es wieder aus der dreifach verschlossenen Tasche heraus und sieht, dass sie einen Anruf von Umut verpasst hat. Sie ruft ihn sofort zurück.

«Umut, na, vermisst du mich? Hast du mich überhaupt schon mal angerufen? Ich stehe gerade am Strand, wollte ins Wasser, beeil dich, die Rettungsschwimmer sind schon ganz ungeduldig, sie wollen endlich sehen, wie ich göttinnengleich ins Meer renne, weißt du wie …»

Umuts Stimme klingt seltsam, als er sagt: «Ich kann auch später anrufen, wenn es gerade nicht passt.»

«Nein, sag, was ist los?»

«Es tut mir wahnsinnig leid, Katharina.»

«Was tut dir leid?» Sie lacht, aber eigentlich weiß

sie, dass es nichts zum Lachen gibt. Sie lässt sich auf ihr Strandtuch fallen und atmet tief ein. Dann fragt sie:

«Was ist los?»

«Ich versaue dir den Urlaub. Aber ich habe es vorhin erfahren und ich glaube, ich darf es dir nicht mal sagen, aber ...»

«Was, Umut? Was darfst du nicht sagen?»

Ihre Stimme klingt ängstlich, obwohl sie noch gar nicht weiß, was Umut ihr sagen will. Das Verrückte an den Menschen ist, dass sie eigentlich meistens schon alles wissen. Selbst die Dinge, die sie nicht einmal geahnt zu haben glauben.

«Also ... du weißt ja, die Grippe bei uns. Die meisten hat es nicht so stark erwischt. Aber ...»

«Wer ist es?»

«Manni. Manni ist heute Morgen gestorben. Aber weißt du, das passiert. Die Menschen sind alt, mit denen wir arbeiten. Sie sterben. Manchmal auch viel früher, als wir glauben, Katharina. Du bist das nicht so gewohnt, deshalb rufe ich dich auch an, damit du es nicht erst erfährst, wenn du wieder hier bist, und dann wütend bist, weil es dir niemand gesagt hat. Ich wollte es dir eigentlich nach deinem Urlaub schonend beibringen, aber Paola meinte, dass die Quarantäne aufgehoben ist und sie dir Bescheid gibt, dass du zurückkommen kannst. Und ich habe mir Sorgen gemacht, dass sie es dir schreibt. Und dass du es dann aus einer E-Mail erfährst und niemand bei dir ist, der ... Katharina, bist du noch dran? Hallo?»

«Ja. Danke, dass du Bescheid gesagt hast. Ich melde

mich.» Sie legt einfach auf. Sie steckt das Telefon in die Bauchtasche, verschließt die drei Reihen, die das Wasser fernhalten und den Inhalt trocken, und rennt los. Sie rennt so schnell mit ihren Schwimmschuhen über den Sand, dass sie zweimal fast hinfällt. Sie springt in die Brandung und merkt viel zu spät, dass sie den Wellen nicht gewachsen ist. Auf den spitzen Steinen im Wasser verliert sie den Halt und die Brandung erwischt sie frontal. Die Welle wirft sie um, sie reißt die Augen auf und will schreien, will Luft holen, aber sie kann nicht. Sie wird mehrere Meter Richtung Strand geschleudert, dreht sich immer wieder um sich selbst, schlägt auf den Steinen auf, die ihr den Rücken und die Oberschenkel aufreißen. Sie schafft es irgendwie, auf die Beine zu kommen, ein Mann steht ein paar Meter weiter am Strand und schreit, ob alles okay sei. Sie kann nicht antworten. Er läuft ins Wasser, streckt seinen Arm aus und kann selbst kaum das Gleichgewicht halten. Die Wellen knallen auf den Strand und das Wasser zieht sich sofort wieder zurück und alles mit sich. Sie packt den Arm des Mannes, er reißt sie mit voller Kraft aus dem Wasser. Sie heult und der Mann lacht: «Na, haste dir den Arsch an den Steinen aufgerissen?», fragt er mit sächsischem Dialekt. Sie schaut an sich hinunter und sieht hellrotes Blut, das seitlich an ihrem linken Oberschenkel hinablauft. Es ist nicht viel, sie ist nur ganz leicht verletzt. Sie steht da, mit zerlaufener Wimperntusche, völlig durchnässt und zitternd und der Sachse lacht noch mehr. «Alles in Ordnung, Mädchen?» fragt er und sie schüttelt den Kopf.

12

Eine Werkstatt ist so persönlich und individuell wie eine Wohnung. Keine Werkstatt gleicht der anderen. Als ihre Eltern das Haus aufgaben und in eine kleine Stadtwohnung in Düsseldorf zogen, hat Katharina vor dem Auszug die Werkstatt ihres Vaters fotografiert. Nirgendwo sonst hat sie ihn so gespürt, ihren Papa. Die Werkstatt roch nach Moos und warmem Holz und nach den Funken, die beim Schweißen entstehen. Das war der Geruch ihres Vaters und die Werkstatt war sein eigentliches Zuhause gewesen. Als er ein Jahr später verstorben war, waren es die Bilder seiner Werkstatt gewesen, die sie aufgestellt hatte, direkt neben seinem Porträt. Sie alle standen auf der Fensterbank in der Küche, das hatte sie lustig gefunden, weil er ihre Unordnung in der Küche gehasst hatte und sie nun für immer ertragen musste. Sie hatten sich nie sehr nahegestanden, ihr Vater war Elektriker gewesen und immer lange bei der Arbeit oder auf Montage, als er sich um seine pflegebedürftige Mutter gekümmert hatte, hatte sie ihn so gut wie gar nicht mehr gesehen. Katharinas Mutter hatte bis zur Rente in der Buchhaltung eines mittelständischen Unternehmens gearbeitet, Katharina hatte sich schon mit zwölf Jahren selbst um ihr Frühstück und Mittagessen gekümmert und zu den Eltern ein leidenschaftsloses, aber verbindliches Verhältnis gehabt. Als ihr Vater gestorben war, hatte sie große Trauer empfunden, aber vor allem darüber, dass sie den Mann eigentlich kaum gekannt hatte. Der Tod war für sie zwar etwas Brutales, etwas Plötzliches gewesen, aber sie hatte sich schnell damit abgefunden. Schneller als ihre Mutter, die in eine tiefe Depression verfallen war.

Jetzt steht Katharina wieder in einer Werkstatt und macht Fotos. Sie hat sich hinuntergeschlichen und die Tür war zu ihrem Erstaunen nicht verschlossen gewesen.

Sie fotografiert mit ihrem Smartphone die Schattenwand, die Kisten, die Werkbank. Sie schaut sich in den Regalen um, zieht ein Diskettenlaufwerk heraus, streicht über den Staub. Sie ist direkt vom Flughafen hierhergefahren. Auf Teneriffa hatte sie überlegt, umzubuchen, früher zurückzufliegen, aber am Abend lange mit Umut telefoniert, der sie davon abgehalten hatte. Die restlichen Tage war die Leichtigkeit sogar manchmal zurückgekehrt. Manni war nicht ihr Vater, nicht ihr Opa, es war in Ordnung, um ihn zu trauern, aber es war übertrieben, deshalb einen Urlaub abzubrechen.

Sie war nicht noch einmal ins Meer gegangen, sie hatte die meiste Zeit am Pool verbracht, manchmal war sie mit dem Bus zum Touristenrestaurant gefahren und hatte mit der Kellnerin gesmalltalkt, aber nach dem dritten Mal AfD-Ansichten hatte sie auch der beste Fisch, den es auf der Insel gab, nicht mehr davon überzeugen können, noch einmal zurückzukehren. Die Schwaben und Katharina hatten sich ignoriert, jeden Abend sah sie den Vater auf seinem Rennrad und jeden Morgen seine Bahnen schwimmen, die Mutter redete weiterhin ununterbrochen, nur nicht mit ihr, und der dicke, rote Mann starrte sie unverhohlen an, wenn sie im Bikini an den Pool kam. Sie las alle drei Bücher, holte sich einen schlimmen Sonnenbrand, machte jede Menge Fotos, lud ihre TEN+-Karte zweimal wieder auf, weil sie ständig mit dem Bus um die Insel fuhr. Dabei unterhielt sie sich manchmal mit den Rentnern oder übersetzte das Englisch der Busfahrer für sie. Die Wanderung zum Teide sagte sie ab, weil sie sich nicht vorstellen konnte, noch einmal stundenlang über unwegsames Gelände zu laufen, gehetzt von einer überambitionierten Deutschen oder verhöhnt von einem spanischen Guide. Sie hatte viel geschlafen und wenn sie wach war, fand sie sich selbst unglaublich anstrengend, bemerkte aber, dass nach einigen Tagen, an denen sie zwölf Stunden und mehr geschlafen hatte, die Energie langsam zurückgekommen war. Sie schrieb viel in ihr Tagebuch, dachte nach, aß Eis, sehr, sehr viel Eis, ging spazieren in La Quinta, fuhr ein paarmal noch nach Puerto de la Cruz. Sie kämpfte mit sich, weil sie instinktiv wusste, dass sie diesem Kampf viel zu lange aus dem Weg gegangen war. Sie hatte mit sich selbst zwar Krieg geführt, aber der glich einer Annektierung ihrer selbst, während sie sich absolut und kein bisschen dagegen gewehrt hatte. Sie war die Armee und sie war gleichzeitig das Land, in das sie voller Gewalt einmarschierte, sich selbst niedermetzelte, ohne sich auch nur eine Sekunde aufzuhalten. Es wurde Zeit, dass sie kämpfte. Für sich und um sich.

So ein Kampf ist schnell beschlossen, aber jeder Mensch, der ihn schon einmal gegen sich selbst geführt hat, weiß, wie überaus motiviert man ihn beginnt und wie schnell die Kräfte nachlassen, wie schnell man doch wieder Pizza isst statt Salat oder auf der Couch bleibt, statt endlich mal aufzuräumen, wie schnell man wieder traurig ist, statt etwas zu ändern, wie schnell wir alle wieder auf uns selbst hereinfallen, uns zurück in die Geiselhaft unserer eigenen Muster und Ängste begeben, völlig freiwillig zurück in den Kerker, völlig freiwillig wieder aufgeben, uns völlig erschöpft von uns selbst besiegen lassen. Sie wusste, dass es so etwas wie Lebenskrisen gab, und das hier war wohl eine anständige. Eigentlich war sie die Definition einer Lebenskrise, sie hätte direkt darüber für den Gesellschaftsteil einer Zeitung schreiben können, aber Schreiben gehörte nicht zu ihren Stärken. Und sie wusste, dass man da nicht herauskam, wenn man durch Instagram scrollte und sich selbst leidtat. Also zwang sie sich. Sie zwang sich zu allem und mit den Tagen fiel es ihr leichter. Das Alleinsein und das Alleine-Sachen-Machen und die Hoffnung auf der Straße zu suchen wie schöne, seltene Muscheln am Strand. Denn sie wusste ja, dass Hoffnung ein großes Gefühl war, das aus sehr vielen kleinen Dingen erwuchs, sie war nichts, was man einfach so geschenkt bekam, man musste dafür suchen und scheitern, beten und buddeln, graben und schwitzen, man musste sich wirklich mal so richtig den

Arsch aufreißen. Und das tat sie. Am Ende ihrer Reise fühlte sie wieder einmal, wie sehr diese Insel Medizin war, die Luft wie Bepanthen für ihr wundes Herz, wie sehr sie hier immer zu sich selbst zurückfand. Sie war wehmütig, als sie ins Flugzeug stieg, sie wünschte sich, noch Monate bleiben zu können, heilen und schwimmen und schlafen und laufen und graben und finden.

Am Flughafen in Berlin war die Schwere wieder da, packte sie am Gepäckband, aber sie riss ihren Koffer vom Band und ließ ihn trotzig auf den Boden knallen, als könnte sie die Schwere einfach so erschlagen. Das Wetter war wie jedes Jahr direkt vom Spätsommer zum Frühwinter gewechselt, die Stadt war grau und hässlich und sie schlug in Gedanken weiter auf die Schwere ein.

Und jetzt steht sie hier und ist traurig. Sie berührt Mannis Werkzeug und fragt sich, was wohl jetzt aus der Werkstatt wird. «Mit einem Engländer und einem Hammer kann man alles fixen», hatte Manni gesagt. Er hatte so viele schlaue Dinge gesagt und jetzt war alles hier drin so still. Als die Tür aufgeht, erschreckt sie sich zu Tode und überlegt einen Moment lang, sich zu verstecken. Als sie sieht, dass es Margot ist, ist sie erleichtert.

«Hab dich reingehen sehen und dachte, ich gucke mal, was du hier machst, wenn du in zwanzig Minuten nicht wieder rauskommst.»

«Ich klaue alles, um es zu verkaufen», sagt Katharina und Margot schmunzelt. Wenigstens etwas. Sie wankt zum Schemel und lässt sich fallen, sie sieht erschöpft aus.

Katharina steht unschlüssig herum, bis Margot ihr schließlich befiehlt, sich auch zu setzen. Sie seufzt.

«War ganz schön was los hier, während du weg warst.»

«Umut hat mir alles erzählt.»

Margot stellt emotionslos fest: «Du und Umut, ihr versteht euch.»

Katharina beschließt, darauf nicht weiter einzugehen, muss sich aber ein Lächeln verkneifen.

«Hast du schon Mannis Kühlschrank geplündert?», fragt sie stattdessen.

«Wo denkst du hin, natürlich nicht», antwortet Margot und zieht ein Fläschchen Pfeffi aus ihrer Jackentasche. Sie bekommt es kaum auf, Katharina öffnet es.

Die beiden Frauen schweigen. Katharina weiß nicht, was sie mit Margot besprechen soll, sie hat sich noch nie alleine mit ihr unterhalten und die alte Frau wirkt auch nicht so, als hätte sie darauf Lust.

Schließlich sagt sie: «Was passiert jetzt wohl mit der Werkstatt, wo Manni nicht mehr da ist?»

Margot runzelt die Stirn. «Was soll damit passieren?»

«Na ja, wird sie aufgelöst oder was passiert mit dem ganzen Kram?»

Margot schaut Katharina eine Sekunde lang verwirrt an, dann fragt sie ungläubig: «Denkst du, die gehört Manni?»

Sie korrigiert sich sofort: «Denkst du, die *gehörte* Manni?»

Katharina nickt.

«Ach, Mädchen, die haben den Manni die benutzen lassen, weil das für ihn gut war. Da fühlte er sich gebraucht. Er hat den Hausmeister ständig genervt, war immer hier unten, bis Paola irgendwann beschlossen hat, dass es ihm guttun könnte, wenn er hier seine Sachen machen darf. Der war ja auch fit, so geistig, meine ich. Den musste man ja nicht beaufsichtigen. Aber das hier ist nicht seins.» Sie lacht und hustet dann schrecklich. «War nicht seins.»

«Hattest du auch Grippe?»

Margot winkt ab. «Alles halb so schlimm. Leider. Hatte ja gehofft, die bringt mich endlich um, aber es trifft immer die Falschen.»

«Aber wieso habe ich den Hausmeister noch nie hier gesehen?», fragt Katharina. Sie kann die Geschichte immer noch nicht so ganz glauben.

«Der ist seit vier Monaten krankgeschrieben. Angeblich das Knie oder was auch immer. Komischer Mann. So ein junger. Hat nie mit jemandem gesprochen. Gefehlt hat der nicht. Wenn was war, hat Manni das gemacht oder sie haben einen externen Dienst angerufen. Bald soll er wohl wiederkommen oder jemand Neues, der Flurfunk ist sich wie immer nicht einig und alte Leute reden ständig über irgendwas oder erfinden was oder bilden sich was ein und Paola sagt immer nur, dass das bald geregelt wird. Nun ja. Was Paola eben so den lieben langen Tag sagt.»

Katharina denkt an ihre Fotos und lacht laut.

Margot sagt: «Tja, Totgeglaubte leben länger oder wie heißt es? Kommst du jetzt wieder oder gibst du auch auf wie die Späßeckenulla?»

«Ich komme am Samstag wie immer. Paola hat mir schon geschrieben, dass jetzt alles normal weitergeht.»

«Ja, so ist das eben hier. Wenn wir wegen zwei Toten den Laden dicht machen würden, wäre hier nie geöffnet.» Sie lacht und bekommt dann einen Hustenanfall, der schmerzhaft klingt.

Katharina will ihr auf den Rücken klopfen, aber Margot zischt sofort «Hände weg» und Katharina lässt es.

Schweigend sitzen sie da.

Irgendwann sagt Margot: «Haste dir alles nicht so vorgestellt, oder?»

«Was meinst du?»

«Klingt alles so schön auf der Internetseite. Viele Aktivitäten und glückliche alte Trottel, die immer im Park sind und voller Freude auf den Tod warten.»

«Wenn man es ganz genau nimmt, warten ja irgendwie alle darauf», sagt Katharina.

«So ein Quatsch, was für einen Quatsch ihr jungen Frauen immer redet.» Sie wirkt wütend. «Im Leben wartet man nicht auf den Tod, man wartet darauf, erwachsen zu werden, und wenn man erwachsen ist, wartet man darauf, dass es leichter wird, erwachsen zu sein, und dann wartet man auf die Liebe und wenn sie da ist, wartet man irgendwann darauf, dass sie wieder zurückkommt, und man wartet auf Urlaub und auf den Lohn und dass es Abendessen gibt und dass die Kinder ausziehen und dann, dass die Kinder zurückkommen. Man wartet so viel, aber auf den Tod wartet man erst an Orten wie hier.»

«Ist es hier wirklich so schlimm?»

«Ach, hier oder irgendwo anders, ist doch auch gleichgültig. Was macht es für einen Unterschied?»

Margot seufzt. Ihre weißen Hände leuchten beinahe im schwachen Licht der Schreibtischlampe, die auf der Werkbank steht. Fast sieht es aus, als hätte man ein dünnes, feuchtes Tuch über ein Skelett gelegt. Die Hände sind voller Flecken. Katharina hat genau solche auch schon bei ihrer Mutter bemerkt und sich nicht getraut zu fragen, wie es sich anfühlt, wenn die Hände fleckig werden. Ob es so ist wie mit ihren grauen Haaren, die sie erst ignoriert, dann herausgerissen und schließlich überfärbt hatte. Aber eine Hand kann man nicht färben, man muss sie immerzu ansehen. Es ist, als hätte der Körper das absichtlich so eingerichtet, damit man nicht vergisst, dass man jetzt wirklich alt geworden ist. Natürlich weiß Katharina, dass sie vor allem an den Stellen entstehen, die am häufigsten der Sonne ausgesetzt sind. Aber trotzdem wirken sie ein wenig wie ein mahnender Nebel, der sich langsam über den Menschen legt. Erst ganz vereinzelt und irgendwann fast überall, bis der Mensch verschwindet unter dem Nebel seiner Haut.

Sie weiß nicht, was sie noch mit Margot besprechen soll. Sie hat sich nicht erst einmal gefragt, ob Margot sich immer so herausputzt, um ihr düsteres Inneres dahinter zu verstecken, wie ein kleiner Vogel, der sich wahnsinnig aufplustert, damit niemand merkt, wie schwach er ist. Andererseits macht Margot auch kein Geheimnis daraus, dass sie sterben will. Umut hat Katharina erzählt, dass sie schon oft versucht hat, ihm und allen anderen aus dem

Pflegeteam heimlich Geld zuzustecken, damit sie die Ärztin überzeugen, Margot endlich sterben zu lassen. Das Problem ist nur: Margots Körper will ganz und gar nicht sterben, der denkt gar nicht daran. Bis auf die kaputte Hüfte, den Diabetes und ihre chronisch schlechte Laune ist Margot fast gesund. Und genau deshalb kann sie, selbst wenn sich jemand finden würde, niemand sterben *lassen*. Ihr Vater hatte dazu immer «Alte Pötte kentern nicht so schnell» gesagt und «Die, die am meisten plärren, leben immer am längsten». Katharina hatte Umut einmal gefragt, warum sie Margot nichts gegen ihre Depressionen geben, aber er durfte nichts darüber sagen. Datenschutz, Baby, Deutschlandflagge, Lach-Emoji.

Katharina steht auf: «So, Margot, ich bringe dich mal die Treppen hoch und zum Haus und dann muss ich los.» Margot wird plötzlich unruhig und schaut sie aus flackernden Augen an. Fast fleht sie, als sie sagt: «Nein warte, ich kann dir noch etwas von Herrn Schöffling erzählen, die Geschichte willst du hören, ganz sicher.»

Katharina schüttelt den Kopf.

«Es ist spät. Lass uns mal langsam hier den Laden dichtmachen. Wir dürfen doch sowieso nicht hier sein. Ich will auch keinen Ärger bekommen.»

«Wer soll uns denn hier sehen? Paola? Die sitzt doch schon in ihrem Büro und trinkt sich einen.»

«Wie?» Jetzt ist Katharina doch interessiert.

Margot lacht.

«Das interessiert dich jetzt, ne?»

Katharina zögert, aber setzt sich dann doch wieder.

«Was soll ich dir erzählen, Mädchen? Weiß doch jeder, dass sie abends ewig nicht nach Hause geht und in ihrem Büro eine Schublade hat mit gewissen Dingen.»

«Gewisse Dinge?», fragt Katharina.

Margot ahmt mit der rechten Hand das Halten einer Flasche nach, die sie zum Mund führt und daraus trinkt.

«Ach, das glaube ich nicht.»

«Das ist mir ganz egal, ob du mir das glaubst. Die Putzfrau hat die Schublade gefunden und hat es rumerzählt und dann wussten es die Pfleger irgendwann und dann die Ulla, keine Ahnung, wie sie das wieder gemacht hat, aber die war wie ein Klatschblatt und wusste immer alles und von jedem und was die Ulla wusste, wussten alle.»

«Hm, na ja», Katharina reibt sich die Augen, «ist ja am Ende auch ihre Sache.»

«So wie bei mir?», lacht Margot.

«Das ist was anderes.»

«Ja?», fragt Margot.

Katharina antwortet darauf nicht, sie sagt stattdessen: «So, jetzt gehen wir aber wirklich.»

«Aber die Sache mit der Puppe und Herrn Schöffling ...»

Sie fasst Margot sanft am Ellbogen, um ihr aufzuhelfen. Dieses Mal lässt sie es mit sich machen. Katharina spürt selbst durch den dicken Jackenstoff, wie abgemagert die alte Frau ist.

Als sie zur Tür gehen, ganz langsam und bedächtig, Margot schwankend wie immer, greift sie plötzlich nach

Katharina. Sie legt ihre winzige, kalte Hand auf ihre und sagt: «Das mit dem Umut, das ist keine gute Idee.»

Katharina ist so verblüfft, dass sie nicht weiß, was sie antworten soll. Also lacht sie und sagt: «Ach, wir haben doch alle mal schlechte Ideen.» Margot schweigt und zieht die Hand weg, dann geht sie langsam die kleine Steintreppe hinauf, die ganz rutschig ist vom nassen Laub. Katharina passt auf, dass sie nicht fällt, während sie ihren Koffer hinter sich die Treppen hochschleift. Hilfe will Margot natürlich nicht, stattdessen schimpft sie: «Was für ein Schietwetter.» Sie bringt sie zum Haupthaus und verabschiedet sich, für einen winzigen Moment überlegt sie, ob sie die alte, kleine Frau umarmen soll, aber Margot dreht sich einfach um und wackelt durch den kalten Regen in die hell erleuchtete Vorhalle hinein. Die kahle Stelle am Hinterkopf ist noch größer geworden, aber vielleicht ist es auch nur, weil sie so nass geworden ist. Katharina sieht ihr nach, wie sie Schritt für Schritt nimmt, gebückt und langsam. Und als sie Margot so sieht, ganz verloren in der großen Halle, wie sie mühsam um jeden Meter kämpfen muss, so, als würde sie durch Wasser laufen, versteht sie, warum man an diesem Leben auch ertrinken kann, selbst wenn man endlich im Trockenen ist.

13

Die Wohnung ist aufgeräumt, das ist das Zweitwichtigste. Das Wichtigste ist die rasierte Bikinizone. Rasierte Beine? Das Date wird eventuell ein bisschen sexy. Rasierte Bikinizone? Auf jeden Fall sexy time. Das ist Katharinas Kompass, daran erkennt sie spätestens in der Dusche ihre eigene Erwartungshaltung, selbst wenn sie sie sogar vor sich selbst geheim gehalten hatte. Der Ire ist eine Bikinizone, das wusste sie in diesem Fall schon vor einer Woche, als sie zugestimmt hatte, sich endlich mal zu treffen. Er hatte sich trotz Johannas Nachricht nicht von einem weiteren Chat abhalten lassen, hatte sich wochenlang immer wieder von ihr vertrösten und hinhalten lassen, war unbekümmert geblieben und hatte sie regelmäßig zum Lachen gebracht. Aber hätte Davy genervt aufgegeben, Katharina hätte absolut nichts dagegen unternommen. Auch jetzt, an diesem Samstagabend, steht sie vor dem Spiegel und muss sich immer wieder selbst davon überzeugen, dass sie nicht doch noch absagt, sie versucht, sich selbst Mut zuzusprechen, gegen die Dinge an, die wir nur ganz heimlich zu uns sagen, wenn niemand sie hört: ein Mix aus Schimpfen und

Antreiben, eine giftige Suppe, die wir einfach nicht loswerden, egal, wie oft wir auf Achtsamkeit machen oder zum Coaching gehen, da ist und bleibt diese miese kleine Stimme, die sagt, dass man sich mal zusammenreißen soll, Zähne zusammen, du faules Stück Scheiße, wir reden mit uns, wie wir niemals mit anderen sprechen würden, und täten wir es, würden sie uns verlassen, nur uns selbst verlassen, das können wir nicht, egal, wie schlimm wir zu uns sind. Davy und sie treffen sich bei Holgi, der Schuppen ist längst in die Winterpause gegangen und Holgi steht wieder fast jeden Tag hinter seinem Tresen neben Fine, die nach diesem Sommer noch viel älter wirkt. Im Sommer hatte sie Fine kaum gesehen, mit zum Schuppen durfte sie zwar, aber sie lag auf einem alten Sofa in einem Raum hinter der Theke und ließ sich kaum blicken. «Die hasst die Hitze mittlerweile noch mehr als Männer», hatte Holgi gesagt und dabei besorgt ausgesehen. Fine hat einen grauen Bart bekommen und ihr Fell ist stumpfer als früher, manchmal knurrt sie schon nicht mal mehr.

Katharina ist gespannt, ob Davy sich Fine nähern wird, sie hofft, dass er es sich verkneifen wird und sie sich nicht für ihn schämen muss. Sie könnte ihn vorwarnen, aber gleichzeitig ist sie auch neugierig, wie er sich verhalten wird. Das ist ein bisschen gemein, aber wie alle kleinen Gemeinheiten verspricht auch diese eben genau deshalb recht unterhaltsam zu werden.

Die Gründe für ihr Zögern waren vielfältig gewesen, hatten aber vor allem mit dem Verhältnis zwischen ihr und ihrem Körper zu tun, das sich anfühlte wie ein sehr altes Ehepaar, vierzig Jahre zusammen, hat sich nichts mehr zu sagen, nach Hass kommt Gleichgültigkeit, manchmal ein bisschen aufflackernde alte, träge Liebe, die einem mitten ins Herz fährt. Sie hatte sich an ihre Anwesenheit gewöhnt, aber liebevoll war dieses Zusammenleben nicht.

Man kann seinen Körper so sehr hassen, wie man will, man kann ihn ignorieren und schlecht behandeln, man kann so tun, als hätte man mit dem alten Sack nichts zu tun, das juckt den Körper nicht, der meldet sich trotzdem immer wieder und will irgendwas und manchmal kommt auch das Herz dazu, das wird traurig, wenn man den Körper, in dem es steckt, so mies behandelt, das erinnert einen irgendwann daran, dass der Geist nicht trotz des Körpers da ist, sondern allein seinetwegen. Und dann wendet man sich ihm vielleicht wieder ein wenig zu und hört auch hin und wieder zu, man schaltet die Autopilotin aus und entdeckt vermutlich, dass man sich gar nicht schlecht fühlt, wenn man aufhört sich zu ignorieren, sondern hin und wieder sogar ein bisschen besser, wenigstens nicht mehr immerzu wie ein Gehirn in einem Tank voller Gülle, nicht mehr wie Gedanken gefangen in einem Eimer aus Fleisch.

Es interessierte den Körper gar nicht, wie sie den Körper fand, er wollte trotzdem umsorgt und geliebt und angefasst werden und irgendwann war das Bedürfnis groß genug geworden, um sich endlich auf das Date mit Davy einzulassen, man kann sich selbst sehr lange unterdrücken, aber wie das Atmen ein Reflex ist, so ist es auch das Bedürfnis nach Nähe.

Trotzdem ist sie schrecklich nervös, ein Entschluss für etwas muss nicht zwangsläufig gegen eine andere Wahrheit sein, es kann passieren, dass man einem Date zusagt und sich trotzdem so fühlt, als wäre man der am wenigsten attraktive Mensch Berlins, Deutschlands, der Welt, bis zum Mond, sogar weniger attraktiv als ein noch unentdeckter Planet voller Algen und Aale. Und trotzdem zieht sie das jetzt durch.

In solchen Momenten erinnert sie sich manchmal an ihre Schulzeit, sie war das Mauerblümchen gewesen, spät in die Pubertät gekommen und ihren ersten Freund hatte sie mit achtzehn gehabt. Er war mit ihr in der Oberstufe gewesen, ein pickliger Nerd, mit dem sie den ersten Kuss hatte und später ihr erstes Mal, das beeindruckend langweilig gewesen war, wirklich faszinierend wenig großartig im Vergleich zu den Vorstellungen, die sie sich davon gemacht hatte. Sex war für sie nie wichtig gewesen, erst in ihren Dreißigern hatte sie nach einigen gescheiterten Beziehungen entdeckt, dass sie das genießen konnte, dass sie es sogar aufregend und schön fand, sich auf kurzweilige Abenteuer einzulassen. Trotzdem schlief sie am liebsten mit Männern, in die sie auch verliebt war oder es sich zumindest einbilden konnte, wenn es zur Befriedigung beitrug. Jetzt hatte sich aber alles geändert, sie, ihr Körper, ihre Zukunftspläne, und deshalb findet sie, dass es an der Zeit ist, etwas Neues auszuprobieren. Und das Neue heißt Davy und kommt gerade zur Tür herein.

Sie hatte Holgi gebeten, ausnahmsweise nichts Gemeines über sie zu sagen und so zu tun, als wäre sie ein ganz normaler Gast. Holgi hatte gegrinst, aber nachdem sie ihn noch einmal inständig gebeten hatte, hatte er es ihr versprochen.

Das Versprechen hält er genau bis jetzt, denn als Davy die Kneipe betritt, ruft Holgi durch das ganze Lokal: «Ist das dein Daaaaate, Katha?», und sie schämt sich unendlich. Davy kommt lachend auf sie zu, Fine bemerkt er gar nicht, schade. Er umarmt Katharina, er riecht nach Moschus und dem Duschgel, das alle Männer dieser Welt benutzen, dieses 24-in-1-Duschgel, mit dem sie auch die Wohnung putzen und Wäsche waschen und den Boden wischen und das Meer von Ölteppichen reinigen und den Hunger der Welt beseitigen und Krebs heilen.

Sie bestellen sich, wie vorher abgemacht, einen Jägermeister und eine Weinschorle, Katharina muss würgen, als sie den Schnaps runterschluckt. Sie will sich heute nicht betrinken, sie will klar genug bleiben, um erwachsene Entscheidungen treffen zu können. Davy sieht das offenbar ganz anders, er kippt gerade seinen Wein hinunter und bestellt schon den nächsten.

Er scheint kein bisschen nervös zu sein und genau das macht Katharina sehr nervös. Seine entspannte, lustige Art wirkt so, als hätte er keinen Funken Selbsthass in sich, auf seiner Packung stünde nicht: Kann Spuren von Unsicherheit und Selbstzweifeln enthalten. Auf ihrer würde vom Verzehr abgeraten.

Er schlägt vor, eine Runde Kniffel zu spielen. Sie

denkt sofort an Sonnenhang und dass sie darauf wirklich gar keine Lust hat, aber ihm zuliebe macht sie mit. Sie beobachtet sein Gesicht, das schön und gleichmäßig ist, sie stellt sich vor, wie es sein wird, ihn zu küssen, fragt sich, ob er Brusthaare hat (sie hasst Brusthaare) und ob sein Schwanz groß oder klein ist. Als sie auf die Toilette geht, bemerkt sie, dass ihre Unterhose feucht ist. Sie lachen viel, das Gespräch bleibt vollkommen oberflächlich, nach zwei Stunden weiß sie immer noch nicht, was er eigentlich so genau beruflich macht, irgendwas mit Finanzen, aber er weicht jedes Mal aus, wenn sie konkretere Fragen stellt.

Als sie an den Tisch zurückkehrt, fragt er sie, wie es im Sonnenhang laufen würde, sie hätte ja erwähnt, dass der Job manchmal auch ganz schön fordernd sei. Sie erzählt ein wenig, wie der Mittag heute war, wie sie damals überhaupt den Job bekommen hat und sie erzählt von Margot und Swetlana und von der Grippewelle. Über Manni spricht sie nicht.

«Ich finde es schon krass, dass du da umsonst arbeitest», sagt Davy und sie runzelt die Stirn.

«Ich dachte, das sei dein Nebenjob und nicht Ehrenamt. Irgendwie ein bisschen … dumm, oder?»

Er wirkt mittlerweile betrunken und Katharina ist sich nicht sicher, ob er einen Spaß mit ihr macht. Aber sein Blick bleibt ernst.

«Es ist doch nicht dumm, etwas für die Gesellschaft zu tun?»

«Ja, ihr Deutschen habt da ja auch eine Menge wiedergutzumachen.» Er lacht laut, dieses Mal ist sie es, die ernst bleibt.

«Ich mache das, weil es etwas Gutes ist. Und weil es mir Spaß macht. Und weil ich gerne mit den alten Leuten zusammen bin», versucht sie es noch einmal.

Davy würfelt gerade, er verliert mittlerweile auch die dritte Runde und wird immer angespannter. Dabei raucht er unablässig ihre Zigaretten, bei der ersten hatte er noch gefragt, seitdem bedient er sich einfach.

«Scheiße», sagt er, als er wenig später auch die letzte Chance auf ein Full House verpasst.

Er wirkt gar nicht mehr lustig und entspannt, sondern merkwürdig wütend und unzufrieden.

«Ich finde, man schuldet der Gesellschaft nichts.»

«Das finde ich auch», antwortet sie genervt.

«Und wenn das so ist, dann heißt das eigentlich, dass Leute das nur machen, um sich selbst besser zu fühlen.»

«Das ist, als würdest du sagen, dass man anderen nichts schenken soll, weil die Freude der anderen nur dafür da ist, dass man sich selbst gut fühlt.»

«Ja, genau das sage ich. Ich finde Geschenke auch scheiße.»

Sie starrt auf die fast leere Zigarettenschachtel.

Die Runde gewinnt sie zwar, dafür hat sie jedes Interesse an ihm verloren. Als er noch eine weitere spielen will, sagt sie, dass sie den letzten Schluck nimmt und sie dann bezahlen sollten. Er wirkt nicht überrascht, sondern völlig gleichgültig.

Sie zahlen getrennt, sie wirft Holgi dabei einen vielsagenden Blick zu, er nickt. Draußen verabschieden sie sich mit einer flüchtigen Umarmung, sie wohnt ja direkt nebenan, Davy gibt ihr einen Kuss auf die Wange und sagt: «Bis bald, ja?» Sie antwortet nicht, schließt die Haustür auf, lässt sie hinter sich zufallen und wischt sich mit der Hand über die Stelle, an der er sie geküsst hat.

Am Mittag hatte sie Umut beim gemeinsamen Rauchen noch erzählt, dass sie heute Abend ein Date haben werde, und er hatte sich für sie gefreut. Diese ehrliche Freude hatte ihr wehgetan, wieder einmal hatte sie sich vorgenommen, dass sie sich das aus dem Kopf schlagen musste. Er wollte ganz offensichtlich nur mit ihr befreundet sein, seine fast täglichen Nachrichten hatten nicht zu bedeuten, dass er auf sie stand, sondern nur ihre, dass *sie* auf *ihn* stand. Beim Gedanken daran hatte sie sich erschreckt. So deutlich hatte sie das noch nie vor sich selbst zugegeben, obwohl es offensichtlich war. Sie wartete auf seine Antworten, sie war aufgeregt, wenn sie seine Nachrichten in der Vorschau auf ihrem Sperrbildschirm sah, sie suchte den Kontakt, sie dachte ständig an ihn. Tja, doof, würde Holgi sagen und sie konnte ihm nur zustimmen.

Sie weiß, sie sollte es nicht tun, aber drei Gläser Wein im Kopf lassen einen ja mitunter nicht die besten Entscheidungen treffen. Sie schickt Umut ein Selfie, auf dem sie eine Schnute zieht, dabei versucht sie, möglichst sexy auszusehen und gleichzeitig so, dass es wirkt, als hätte sie absolut gar nichts versucht. Sie sieht einfach immer so aus, klar.

Umut antwortet, als sie schon auf ihrem Sofa liegt und die neueste Folge *Temptation Island* schaut. Er schickt ebenfalls ein Selfie von sich, auf dem er selbstverständlich umwerfend aussieht, er zieht eine Schnute wie sie und es sieht gar nicht gestellt aus, Umut muss sich, wie alle schönen Menschen, nicht vierzehnmal selbst fotografieren und dreimal die Pose ändern, bis das Bild gut aussieht, er ist völlig frei von der Angst, hässlich zu sein, er ist es auch einfach nie. Sie lacht, als er schreibt, dass er sie niemals hätte alleine nach Hause gehen lassen. Sie lacht und dann holt sie den Womanizer aus der Nachttischschublade und als sie ihn startet, hat sie immer noch ihr Handy in der Hand mit Umuts Bild. Kasper schaut sie vorwurfsvoll an.

14

Heute ist das große Sonnenhang-Herbstfest und obwohl ihre Wetter-App Regen und Gewitter gemeldet hat, ist es jetzt, um elf Uhr am Vormittag, nur leicht bewölkt. Das Schuhgeschäft Pritsch, Seny-Moden und Brille Beckmann haben ihre Stände unter den kleinen Zelten aufgebaut, die kreisförmig angeordnet sind. Es gibt einen Waffel-Stand, eine Hüpfburg und die Küche hat ein Kuchen-Buffet vorbereitet: Alle Arten von Streusel- und Obstkuchen sind zu finden und sogar Margot hat sich nur darüber beschwert, dass in keinem «ein bisschen Schnäpschen» drin ist. Paula hatte sich gegen einen Bierwagen entschieden und stattdessen eine kleine Bar aufstellen lassen, an der es Softgetränke, Bier und Prosecco gibt. Um sechzehn Uhr veranstalten Holgi und Katharina ein kleines Bingo mit Sachpreisen wie Schokolade und einem Gutschein für ein Café in der Nähe und für den Abend ist noch ein Kinofilm (*Sein letztes Rennen*) geplant, der im «großen Saal» gezeigt wird.

Als Katharina, Umut und Swetlana sich um halb zwölf umsehen, sind sie sehr zufrieden. Überall flattern Wimpel im Wind, die Stände sind mit kleinen Lichterketten ausgestattet, trotz des bewölkten Tages sind es noch fünfzehn Grad und ihre Sorge, dass die Bewohner und die Gäste schnell frieren könnten, hatte sich in einer Warmluftfront aus dem Westen aufgelöst. Um zwölf Uhr dreißig ist offizieller Start, Paola hat extra für diesen Tag Zeitarbeiter und Aushilfen eingestellt, die die Arbeit der Pfleger und Pflegerinnen übernahmen, beim Fest sollten alle dabei sein können. Katharina war schon um neun Uhr morgens gekommen, um zu helfen. In den letzten Wochen hatten die Bewohner in der Ergotherapie Schmuck gebastelt, überall hängen und stehen nun kleine Moos-Gestecke, geschmückte Äste und selbst gemachte Teelicht-Gläser. Es riecht nach Waffeln und nach dem schweren Parfum der Bewohnerinnen, nach Kuchen und nach Sekt. Alle haben sich herausgeputzt, viele sieht Katharina zum ersten Mal. Zu den Spielenachmittagen kommen fast immer die gleichen Personen, sie dümpeln so vor sich hin, seit Manni weg ist, ist es nicht mehr das Gleiche. Alles andere geht ungehindert weiter, denn das ist nun mal das Business, Mannis Wohnung ist längst neu belegt, «die Pisser» haben fast all seine Sachen gespendet und verschenkt. Eigentlich, denkt Katharina, ist so eine Altersresidenz auch nichts anderes als das ganz normale Leben. Es geht eben weiter, manche sind ein bisschen trauriger als zuvor, manche ein bisschen kaputter, die meisten interessiert es nicht. Sie muss oft daran denken, wenn sie mit ihren Freunden zusammensitzt und sich vorstellt, wie einsam so ein Tod sein muss, wenn man ganz allein in seiner Wohnung irgendwo im

Wedding stirbt. Wenn es in der Residenz schon einfach so weitergeht, obwohl ein paar Menschen Manni vermissen, wie ist es dann erst bei denjenigen, die ganz allein zu Hause sterben. Unglaublich eigentlich, denkt sie, dass irgendjemand sich den Himmel wünscht, wenn man von da oben bloß zusehen kann, wie man vergessen wird.

Mittlerweile haben sich die meisten Bewohner auf dem Platz eingefunden, begleitet von ihren Angehörigen, Kindergeschrei mischt sich mit dem Schlager, der vom Band läuft, später wird der hauseigene Chor ein paar Lieder singen und einige Bewohner werden Geschichten vorlesen, die sie im Literaturclub geschrieben haben. Aber zunächst betritt Paola das kleine Podest, das der neue alte Hausmeister am Rand aufgebaut hat, und heißt alle willkommen. Katharina hat den Auftrag, für die Instagram-Seite der Residenz ein paar Schnappschüsse zu machen, und Paola muss natürlich prominent darauf vertreten sein und der Direktor ebenfalls, den Katharina heute zum ersten Mal sieht.

Seine Rede ist schnell beendet, Katharina hat gesehen, wie Paola am Rand der Bühne stand und nervös an ihren Nägeln kaute. Sie schien ernsthaft aufgeregt zu sein und das verlieh ihr etwas so Nahbares und Zartes, dass Katharina sie am liebsten in den Arm genommen hätte. Als sie die Bühne betritt, zittern ihre Hände und Beine, Katharina ist erstaunt darüber, wie wenig sich Paola kontrollieren kann in diesem Augenblick. Auch heute ist sie wieder ganz in Schwarz gekleidet, das Föhnen ihres Bobs muss Stunden gedauert haben, ihr dunkelroter Nagellack an den kurzen Fingernägeln akkurat und ohne einen einzigen Splitter. Wenn Katharina sich die Nägel lackiert, sehen sie nach zwei Stunden aus, als hätten Hamster daran genagt. Eine Zeit lang trug sie deshalb Gelnägel, aber das ständige Auffüllen war kostenintensiv und zeitaufwendig und sie mochte Bian von unten wirklich gern, aber hygienisch war ihr Studio nicht gerade. Katharina ekelte sich vor dem Staub, der beim Abfeilen der Nägel entstand, vor der Hornhaut im Pediküre-Bereich, sie hasste es, dass sie ewig still sitzen musste und am Ende Nägel hatte, die sie in allem behinderten, was ihr Spaß machte, mit den Dingern war Gaming nervig, kochen nervig, sich an- und ausziehen nervig, es war nervig, sich einzucremen, es war einfach alles nervig und was schon vorher eh nervig gewesen war, war damit doppelt nervig, also ließ sie es komplett sein, das mit den Gelnägeln und das mit dem Nagellack. Das war für Menschen, die ihr Leben besser im Griff hatten als sie. Oder *sich selbst* besser im Griff hatten.

Neben ihr steht Umut und daneben Swetlana. Sie kann Umut riechen, eine Mischung aus Ambra und Leder, ein bisschen Schweiß, es macht sie ganz verrückt. Sie versucht, nur durch den Mund zu atmen, aber jedes Mal, wenn er sich zu ihr hinunterbeugt, um ihr etwas ins Ohr zu flüstern, ist es, als würde ihr Gehirn ertränkt in seinem Duft, sie kann dann kaum atmen und als er einmal beim Sprechen mit seinen Lippen für eine winzige Ewigkeit ihr Ohr berührt, bekommt sie Gänsehaut. Während Paolas Rede beobachtet sie ihn immer wieder heimlich von der Seite, starrt seine hellbraune Wildlederjacke an, den schwarzen Hoodie darunter, seine beige Hose, sie wünscht sich, sie wäre das, sie wäre die Hose, der Hoodie, die Jacke. Das Glas Prosecco, das sie vorhin heimlich mit Umut und Swetlana hinuntergekippt hat, gluckert und brennt im Magen, es hat die Aufregung nicht vertrieben, es hat sie in tausend kleine Bläschen eingeschlossen, die jetzt wild durch ihren Magen hüpfen, tausend kleine Explosionen aus Was-wäre-wenns, die sich wie Nesseln ins Herz bohren.

«Ah, jetzt kommt wieder unser jährlicher Applaus, Katharina», flüstert Umut ihr ins Ohr und dann noch: «Einmal im Jahr klatscht sogar Paola für uns, also dann, wenn alle zusehen.» Er lacht und der Applaus geht los, Paola hat sich gerade bei allen Pflegekräften und Angestellten bedankt für all die Arbeit, die sie täglich leisten. Swetlana und Umut johlen und klatschen extra laut. Katharina freut sich trotzdem, dass auch die Bewohner und ihre Familien so lautstark applaudieren, heute hat sie keine Lust, alles so negativ zu sehen. Sie weiß, ein minibisschen davon ist auch für sie, vielleicht ein halbes Prozent oder weniger, egal, ihr bedeutet das etwas. Aber sie muss auch keine unbezahlten Überstunden machen, im Schichtdienst arbeiten oder stundenlang nach der Arbeit noch die Dokumentation tippen. Swetlana hat ihr erzählt, dass sie für jeden Bewohner sogar einen Plan haben, der vorschreibt, was sie mit ihm oder ihr machen, wenn es brennt. Als würde sich irgendjemand erst mal hinsetzen und in Ruhe in die Akten gucken, wo Herr Schöffling hingebracht werden muss, wenn die Küche in Brand steht.

Katharina hat sich vorgestellt, wie Margot ihre Gehhilfe fallen lässt und lachend in die Flammen rennt, na ja.

Paola ist endlich mit ihrer Rede fertig und das Fest kann losgehen. Katharina sieht sich um, sieht die Kinder auf der Hüpfburg und die Bewohner mit ihren Kindern, die allesamt mindestens so alt wie Katharina sind, und fragt sich, wann sie aufgehört hat, das Kind von jemandem zu sein, und angefangen hat, eine Erwachsene zu sein, die kein Kind bekommen hat. Manche Menschen sagen, man bleibe immer Kind im Augenblick des Aufeinandertreffens mit den Eltern, aber das stimmt nicht. Ab einem gewissen Punkt wird man selbst zu den Eltern der Eltern. Dann besucht man sie, um nach ihnen zu sehen. Man überweist ihnen Geld, weil man mehr davon hat als sie. Man sagt: «Nee, Mama, lass mal, ich hab genug, du musst mir nichts geben.» Man fragt, ob sie genug trinken, ob sie den Arzttermin eingehalten haben. Man besucht sie am Ende an Orten wie diesem hier. An denen sich alle Rollen vertauscht haben. Am Ende fangen wir wieder von vorne an, bei den Babys oder den Alten, es macht keinen Unterschied. Am Ende füttern wir und streicheln Hände, am Ende sind wir wieder da, wo wir angefangen haben.

Paola eilt plötzlich direkt auf Umut und Katharina zu. «Mitkommen, beide», sagt sie nur und läuft den Hang hinunter. Umut und Katharina folgen ihr und lachen, Umut ruft: «Was ist denn hier los?» Und Paola bleibt abrupt stehen. «Folgendes. Ich habe mir überlegt, dass heute Alpakas kommen. Ich kenne da einen, Thomas, der hat so eine Ranch und der will schon lange mal mit denen kommen. Aber jetzt standen sie im Stau und abgemacht war eigentlich, dass die ganz zu Beginn kommen, damit es noch nicht so laut und voll ist, aber jetzt sind die unten am Tor und der Thomas hat Probleme mit den Tieren, weil die Angst haben, und jetzt geht auch noch der Chor da los und ich brauche Sie beide, um die irgendwie in den Park zu bekommen, an einen ruhigen Ort, das sind sechs Stück.»

«Sollen wir die reiten oder wie?», fragt Umut.

«Nein, wir ziehen die in den Park, ich weiß es doch auch nicht, Umut, was würden Sie denn vorschlagen?»

«Sie locken vielleicht.»

«Sie locken?», schreit Paola. Sie sieht völlig verzweifelt aus und Katharina empfindet Mitleid mit ihr, wie sie da so steht in ihrem schwarzen Mantel und völlig verschwitzt ist, ihre Wimperntusche ist schon wieder ein bisschen verlaufen.

«Wir kriegen das schon hin, wir bringen die irgendwie da hoch», sagt Katharina und hofft, dass sie nicht nur sich selbst damit beruhigt. Sie muss an Kasper denken und dass Katzen wirklich die einzigen Tiere sind, vor denen sie sich nicht ein klitzekleines bisschen ekelt. Aber so etwas sagt man besser nicht ganz so laut.

Unten vor dem Tor steht Thomas, ein kleiner, dicker Mann in einer schwarzen Lederjacke, und sieht gar nicht glücklich aus.

«Paola, endlich, ich warte hier schon bestimmt eine halbe Stunde.»

«Höchstens zehn Minuten, Thomas. Wenn überhaupt. Was machen wir jetzt mit den Viechern?»

«Das hier sind Luky, Morning Star, Belle, Timothy, Jeremy und Hermann und keine Viecher», sagt Thomas böse und streichelt eines der Viecher.

Die sechs Alpakas stehen neben dem Anhänger und sehen völlig verängstigt, aber gleichzeitig glücklich aus, was vor allem an ihren Gesichtern liegt, die immer irgendwie fröhlich wirken.

«Wie kriegen wir die jetzt in den Park?», fragt Paola wieder.

«Im Auto sitzt der Markus, der hilft noch mit, dann nimmt jeder eines und ich zwei, würde ich sagen, und dann bringen wir sie mal hoch, oder? Fass sie einfach so am Geschirr an», er nimmt sanft die Zügel von Luky, Morning Star, Belle, Timothy, Jeremy oder Hermann in die Hand und führt das Tier ein paar Schritte in Richtung Paola. Sie schreckt zurück und Thomas lacht. «Die tun nix.»

«Doch, die spucken!», ruft Umut und lacht sich halb tot.

«Ganz selten. Wirklich nur ganz, ganz selten!», sagt Thomas und man sieht ihm an, dass das eine persönliche Beleidigung gegen Luky, Morning Star, Belle, Timothy, Jeremy und Hermann war. Markus steigt wie in Zeitlupe aus einem der beiden Volvos aus, er ist höchstens einundzwanzig, sehr dünn und sehr, sehr blass und alles an ihm sagt, dass er keinen Bock auf die Scheiße hier hat. Er selbst sagt kein Wort, nimmt einfach nur die Zügel in die Hand und schaut fragend Umut an.

Umut packt sich eines der Tiere und Katharina ein anderes, das kleinste, aus der Nähe hat es als einziges doch kein ganz so freundliches Gesicht, obwohl Katharina immer dachte, dass Alpakas grundsätzlich glücklich aussehen.

«Soll ick auch eines nehmen?», ruft Klaus an der Pforte, als er die Schranke für sie öffnet, und Paola antwortet genervt: «Nein danke.» Sie geht voraus und zerrt das Tier den Weg hinauf, der Rest von ihnen folgt ihr wortlos. Hinter ihnen läuft eine Familie mit einem kleinen Kind, das die ganze Zeit schreit, dass es zu den «Allaps» will.

Umut, der als Letzter in ihrer Karawane läuft, dreht sich schließlich zu dem Kind um und fragt: «Willst du es mal streicheln?»

Sofort bleibt Thomas stehen und schnauzt: «Nicht jetzt, Hermann hat Stress.»

Das Kind guckt traurig und der Vater sauer, die Mutter sieht einfach nur unglaublich müde aus, Paola ruft von vorne, dass sie jetzt hier auf die Wiese wechseln, und führt sie zu einem der kleinen versteckten Orte im Park, der umringt ist von Gebüsch und einigen hohen Bäumen.

Als sie endlich alle dort stehen, fragt Thomas völlig verschwitzt: «Wo ist denn das Heu?»

Paola runzelt die Stirn. «Was für Heu?»

Thomas seufzt lange und tief. Dann sagt er zu Markus: «Hol mal das Heu ausm Anhänger, ich hab es ja geahnt, oder, geahnt hab ich es.»

Markus nickt wortlos und lässt die Zügel los, dann trottet er davon.

Paola lässt sich auf eine Bank fallen, die Zügel fest in der Hand. Katharina traut sich noch nicht so recht, das Tier, das sie hier hingeführt hat, zu streicheln, sie fühlt sich schuldig und weiß nicht, warum. Umut hingegen streichelt sein Alpaka und umarmt es, als wäre es ein Hund, das Tier wehrt sich kein bisschen, es steht da einfach herum wie ein sehr großes Steiff-Tier, das sich sehr reiche Leute in die Kinderzimmer stellen, damit alle sehen, dass sie so reich sind, dass ihre Kinder keine normalen Stofftiere haben, sondern zwei Meter hohe Giraffen und elektrische Cabrios, die die Kinder vier Wochen gut finden und dann doch lieber wieder mit der Knallfolie spielen, in die die Dinge eingewickelt waren. Als er bemerkt, dass Katharina ihr Tier ratlos anstarrt, lacht er laut. «Die spucken nur ganz, ganz selten, Katharina. Ganz, ganz selten!» Jetzt muss sie auch lachen und es ist ihr peinlich, dass Umut ihre Angst bemerkt hat. Sie führt endlich eine Hand ganz langsam an den Kopf des Alpakas, das muss ja wohl machbar sein, das ist ja am Ende auch nur eine sehr große Katze. Es fühlt sich an, als würde man in ein Schaf greifen, es riecht nach Popcorn und nach Heu, Katharina wird mutiger und legt ihren Kopf ganz vorsichtig an den des Tieres, sie hat dieses starke Bedürfnis danach und das Alpaka hält ganz still und schaut einfach nur mit leeren Augen geradeaus. Sie schließt ihre Augen und bildet sich ein, dass sie und das Viech so einen Kontakt herstellen. Als sie sie wieder öffnet, steht das Alpaka noch immer völlig gleichgültig da. Katharina ist unzufrieden, sie dachte, sie stellt so eine tiefere Verbindung mit dem Vieh her, ihre Seelen im Einklang, wortloses Verständnis, totaler Frieden. Aber es passiert einfach gar nichts in ihrer Seele. Das Tier kackt auf den Boden und Katharina lässt es los.

«Ist gut für die Natur», sagt Thomas sofort, als er Paolas entsetzten Blick sieht. «Ist wie Dünger.»

Paola seufzt einfach nur und schließt die Augen, dann steht sie ratlos auf. Stumm stehen die vier auf der Wiese, die Alpakas neben ihnen, ein völlig skurriler Anblick, Katharina würde ihn gerne fotografieren, aber darüber wäre Paola bestimmt nicht sehr glücklich. Endlich kommt Markus zurück mit einem Heuballen in der einen und einem Eimer in der anderen Hand.

«Ah, haste das Futter gleich mitgebracht, gut, gut», sagt Thomas und über Markus' Gesicht huscht ein winziges Lächeln.

Er zieht den Heuballen auseinander und verteilt überall kleine Bündel. Thomas sagt ihnen, dass sie nun loslassen können, die Tiere würden sowieso nicht weglaufen: «Die interessiert nur das Futter. So wie mich.» Er streichelt über seinen dicken Bauch und Katharina und Umut lachen höflich. Paola lässt die Zügel schon fallen, als er noch nicht mal zu Ende gesprochen hat, läuft sofort los und ruft im Weggehen: «Thomas, danke dir, ja.» Dabei klingt sie überhaupt nicht dankbar, sondern wie jemand, den man niemals mit Tieren alleine lassen sollte, mit Tieren und sich selbst.

«Komm, Hermann, schön Fressi machen.»

Umut sieht so glücklich mit Hermann aus, genauso wie kurz zuvor mit dem Kind. Katharina kann sich immer besser vorstellen, warum er diesen Beruf gewählt hat, er gibt sich einfach mit allen Lebewesen Mühe, eine Eigenschaft, die sie bei niemand anderem jemals so ausgeprägt gesehen hat. Er rettet Schnecken von den Wegen, wenn es geregnet hat, er bringt den Alten kleine Geschenke mit und merkt sich alles, was sie gesagt haben, und das scheint ihm sehr leicht zu fallen, völlig mühelos sieht es aus, obwohl es so harte Arbeit ist. Katharina ist immer noch sauer auf ihr Alpaka, das jetzt ganz entspannt Heu frisst und sie völlig ignoriert.

«Ich geh auch mal», sagt sie deshalb und Umut nickt, verabschiedet sich von Hermann und folgt ihr.

Das Fest ist mittlerweile in vollem Gange, sie sieht Margot an der Prosecco-Bar stehen und auf Christine einreden. Sie und Umut beschließen, ihnen Gesellschaft zu leisten, aber als Margot sie bemerkt, unterbricht sie augenblicklich ihr Gespräch.

«Da hinten sind Alpakas!», sagt Umut mit der Begeisterung eines Kindes und Christine fragt: «Was ist da?»

«Alpakas, hinten, neben dem Teich, Paola hat die besorgt. Da stehen die. Wollen wir mal zusammen dahin?»

«Nein», sagt Margot sofort und nippt an ihrem Sekt.

«Christine?», fragt Umut und auch sie schüttelt den Kopf.

Paola macht eine Durchsage, dass die Alpakas die große Überraschung sind, und Katharina sieht, wie die ersten Familien den Hang hinuntergehen, um sie zu besuchen.

Umut zeigt auf sie und schaut dann Margot vorwurfsvoll an, es interessiert sie nicht, sie zieht gleichgültig die Schultern hoch.

«Sind bei euch auch Angehörige da?», fragt Katharina und Umut wirft ihr einen schnellen Blick zu, den sie nicht deuten kann.

«Nein», sagt Margot.

Christine schaut betreten auf den Boden, Katharina versteht augenblicklich, warum Umut sie so angesehen hat.

«Na, macht ja nichts, meine Frau ist auch nicht hier!», sagt Umut schnell.

Der Chor singt gerade *Knockin' on Heaven's Door* und es klingt nicht so schlecht wie erwartet. Umut und sie stehen nebeneinander, fast berühren sich ihre Hände. Sie versucht, sich auf die letzten Lieder zu konzentrieren, aber kann nur an seine Lippen denken und an seine Augen und an seine Finger und an den Ring an seinem Finger, verdammt. Sie seufzt und Umut fragt, ob alles in Ordnung sei. Sie lächelt. Das kann sie. Das konnte sie schon immer. Einfach lächeln und nicken und sagen, dass alles gut ist, mir geht's super, und dir? Katharina beschließt, sich ein wenig umzusehen, ein bisschen durchzuatmen, ihre Gedanken zu sortieren vielleicht. Sie sagt, dass sie kurz auf die Toilette müsse, und lässt das Grüppchen stehen, dann schlendert sie über den Platz, mit einem Prosecco in der Hand. Sie hat noch nichts gegessen heute, der Alkohol macht sie leicht und fröhlich und als die Sonne sich zwischen den Wolken zeigt, hält sie ihr Gesicht für einen Augenblick ins Licht, schließt die Augen und versucht, sich diesen Moment zu merken. Das macht sie schon seit ihrer Kindheit so: versuchen, Momente zu speichern. Es gelingt ihr zu selten. Dafür erinnert sie sich an unendlich viele unnötige oder schmerzhafte Augenblicke, ihre Speicherkarte macht, was sie will, aber niemals, was Katharina will. So steht sie da, mitten auf dem Platz, ein bisschen beschwipst und sehr, sehr glücklich und hält ihr Gesicht in die Sonne, hört den Chor und die Kinder auf der Hüpfburg, sie hört Lachen und das Rauschen der Bäume im Wind und dann hört sie seine Stimme.

Sie reißt die Augen auf und dreht sich um und da steht er. Da steht wirklich *er*. Sie weiß nicht, was sie sagen soll, und er auch nicht. Er sieht sie mindestens so erschrocken an wie sie ihn.

«Was machst du denn hier?», fragt er und Katharina starrt auf den Bauch der schwangeren Frau. Sie kommt Katharina ebenfalls bekannt vor. Sie hat sie schon mal gesehen, aber wo bloß?

«Lillys Eltern leben hier», sagt er und Lilly schaut Katharina neugierig an. Dann streckt sie eine Hand aus und Katharina greift sie mechanisch. Sie ist kalt und trocken, fast wie Schmirgelpapier.

«Hi, ich bin Lilly, schön, dich … kennenzulernen.»

Schnittlauch beugt sich zu Katharina herunter, umarmt sie flüchtig, sein Geruch lässt sofort wieder alle Erinnerungen zurückkommen, das Hotelzimmer, sie beide in seiner Wohnung, sein Bett, sein bitterer Kaffee morgens, seine süßen Nachrichten vor dem Schlafengehen. Ihr wird kalt und trotzdem schwitzt sie fürchterlich, sie schämt sich schon wieder und weiß schon wieder nicht wofür.

«Ich arbeite hier», stottert Katharina, «also ehrenamtlich, also ich mache so Spiele mit denen, Spielenachmittage.»

«Ah, du bist die neue Ulla», sagt Lilly und zu Schnittlauch gewandt: «Ulla hat hier mal die Spielenachmittage veranstaltet, aber jetzt ist Katharina da.»

Katharina zuckt zusammen. Woher kennt die Frau ihren Namen?

Sie starrt Lilly erschrocken an und Schnittlauch versteht wie immer gar nichts. Aber Katharina, ihr fällt es schlagartig ein, natürlich. Wie hatte sie das vergessen können. Lilly ist Schnittlauchs Ex-Freundin, na wunderbar, der Geist ist gar nicht mehr so geistig, er ist jetzt ganz schön fleischlich und trägt ein Schwangerschaftskleid und einen langen Daunenmantel darüber, der Geist streichelt sich über den dicken Bauch und hat blonde, glänzende Haare und jetzt greift der Geist nach Schnittlauchs Hand und Katharina denkt, dass sie ihn ja gleich anpissen könnte, damit jeder weiß, dass das jetzt ihr Revier ist, aber sie lächelt tapfer, arme Katharina, kaum ist sie mal zwei Sekunden glücklich, kommt gleich Schnittlauch und bringt auch noch einen Poltergeist mit.

«Glückwunsch», sagt Katharina und Lilly lächelt wie jemand, der einen Kampf gewonnen hat. «Sympathisch», denkt Katharina, «richtig sympathische Frau.»

Schnittlauch antwortet tonlos «Danke» und dann sagt er, dass sie mal weitermüssten, Lillys Eltern warteten schon auf sie, «Aber schön, dich gesehen zu haben!». Katharina strahlt und antwortet: «Ja, sehr! Und herzlichen Glückwunsch noch mal, ja?» Und dann umarmt sie die beiden zum Abschied noch mal ganz fest und kann nicht fassen, was sie da macht, wieso lädt sie die beiden nicht gleich noch zum Essen ein und bietet ihnen an, die zukünftige Babysitterin zu werden, Selbstwert scheint doch hier heute eh gar kein Thema mehr zu sein, oder?

Die ersten Regentropfen fallen ihr aufs Haar, sie weiß erst gar nicht, was los ist, aber dann hört sie das Grollen, das Herbstgewitter kommt also doch noch. Sie rennt los, hält sich dabei die Hände vor den Bauch statt über die Haare, als müsste sie beschützen, was da drin ist. Sie rennt und stolpert fast, sie weiß nicht, wohin mit sich, sie rennt einfach durch den Platzregen und den Sturm und rennt und heult und heult und rennt.

«Was für eine Scheiße», denkt sie, «was für eine gottverdammte Scheiße» und dabei denkt sie daran, wie Schnittlauch immer zu ihr gesagt hat, dass er sich Kinder ja schon irgendwie vorstellen kann, nur nicht jetzt, und Katharina wusste, dass er eigentlich «nur nicht mit dir» meinte. Sie denkt daran, wie unfair alles ist, sie weint gar nicht vor Trauer, sondern aus lauter Wut, am liebsten würde sie schreien, den ganzen Platz zusammenschreien, allen sagen, was für ein Schwein Schnittlauch ist, was für eine Ungerechtigkeit ihr widerfahren ist, aber sie weiß, dass er nichts Falsches getan hat, er hat sie nicht betrogen, auch wenn es sich so anfühlt, auch wenn es ist, als hätte sie so leiden müssen, damit er erwachsen genug wird für das Kind, das sie nie mit ihm haben konnte. Sie reißt die Kellertür auf, knipst das Licht an, sie setzt sich in eine Ecke und ballt die Fäuste und dann schreit sie doch, sie schreit «Arschloch, du Arschloch» und dann heult sie den ganzen Boden voll, vielleicht ist es auch der Regen, der ihr aus den Haaren über das Gesicht auf den Boden tropft, sie schlägt mit den Fäusten auf den kalten Beton, es tut weh, es ist ihr egal, sie schlägt fester zu, beißt die Zähne zusammen, einen Moment lang hat sie Angst, dass sie sie kaputt presst, dass ihr alle Zähne zerbrechen, erst die, dann sie.

Sie schließt die Augen und lacht, so eine Dramaqueen ist sie, so eine gottverdammt traurige, verzweifelte, verletzte Dramaqueen ist sie.

Sie hört ihn erst, als er schon fast vor ihr steht, der Hausmeister hat offenbar die Tür geölt, vorhin war ihr gar nicht aufgefallen, dass sie nicht mehr quietscht.

«Was ist denn hier los?», fragt Umut und Katharina wischt sich mit dem Handrücken die letzten Tränen weg, ein dünner Rotzfilm bleibt zurück.

«Nichts. Alles gut.»

Er grinst und sieht sie mitleidig an, sie hasst diesen Blick, er soll sie nicht bemitleiden, er soll sie ficken und lieben und auf Händen tragen und sie streicheln wie das Alpaka, er soll sie umarmen wie Hermann, verdammt.

«Ja, keine Ahnung, was soll ich sagen, Umut?»

«Nix. Ich lass dich mal allein.»

«Ja super, danke.»

Umut geht und Katharina fühlt sich noch schlechter, jetzt kommen ihr schon wieder die Tränen, aber Umut dreht sich plötzlich um und ruft: «Spaaaaaaß, als ob ich jetzt gehen würde!» Er beugt sich zu ihr und nimmt sie in den Arm, sie erstarrt, seine Nähe ist so plötzlich und unverhofft, sie kann sich nicht daran erinnern, dass er sie überhaupt schon einmal umarmt hat.

Sie lässt ihn zuerst los, er darf nicht merken, wie sehr sie sich an ihn klammern will, wie sehr sie das jetzt braucht. Er soll nicht wissen, dass sie überhaupt etwas braucht, denn sie ist stark, stark und schön und unabhängig und dieser Duft macht ihr gar nichts aus, juckt sie doch nicht, wie gut der riecht, und seine Haare, die riechen noch besser, nach ihm und nach Kokosöl und sie würde gerne mit der Hand hineingreifen, aber beherrscht sich im letzten Augenblick.

Umut springt auf, ständig springt und hüpft dieser Typ, obwohl er so groß und stämmig ist, Katharina erinnert er immer an einen Bären, aber die tanzen ja schließlich auch, wenn sie müssen.

Umut öffnet den Kühlschrank und zieht vier kleine Pfeffi heraus, lässt sich neben sie auf den Boden fallen, öffnet alle vier und sagt: «Wer als Erster fertig ist!» Dann trinkt er zwei auf einmal und Katharina macht mit, obwohl sie weiß, dass das keine gute Idee ist. Sie trinkt in der letzten Zeit kaum noch und müsste dringend mal etwas essen, aber jetzt ist eh alles egal, jetzt kann sie hier auch mitmachen, der Tag ist sowieso gelaufen. Draußen hört sie den Donner und den Regen, neben ihr Umut «Baaaah» rufen und lachen und sie wünscht sich, dass dieser Moment für immer bleibt, dass sie hier einfach nie wieder aufstehen, sie schließt die Augen und hofft, dass die Speicherkarte wenigstens dieses eine Mal funktioniert.

«Was ist los?», fragt Umut und Katharina weiß nicht, wie sie es ihm sagen soll. Ob sie es ihm überhaupt erzählen will, alles, von Anfang an. Sie hat Angst vor seiner Reaktion.

«Ich hab hier eben meinen Ex-Freund getroffen», sagt sie deshalb erst mal vorsichtig, vielleicht reicht das ja schon. «Wo ist er, soll ich ihm die Fresse polieren?», fragt Umut und Katharina ist sich für einen Moment nicht sicher, ob er es ernst meint.

«Verdient hätte er es.»

«Was hat er gemacht? Sag es mir sofort, ich suche den und zerre den vom Gelände.»

«Eigentlich hat er gar nichts Schlimmes gemacht. Es ist nur ... er war mit seiner Ex-Freundin da, also sie ist jetzt wohl wieder seine Freundin und sie ist ... schwanger, weißt du. Und ich nicht.»

Umut lacht. «Ja Gott sei Dank bist du nicht von dem schwanger, das wäre ja auch noch schöner!»

Katharina will mitlachen, aber die Tränen kommen

schon wieder, immer diese verdammten Tränen. Sie schluchzt und Umut legt erschrocken einen Arm um sie und versucht, sie zu beruhigen, aber das macht es nur noch schlimmer, sie würde ihn gerne wegstoßen und gleichzeitig will sie seit Wochen nichts mehr als diese Nähe, sie hebt den Kopf und schaut ihn an, er ist ganz nah bei ihr und streichelt über ihre Haare, sie riecht den Schnaps und hält es kaum aus, sie könnte ihn jetzt einfach küssen. Sie beugt sich vor, nur einen Millimeter, zwei vielleicht, und Umut erstarrt, nur ganz leicht, kaum merklich, aber seine Körperhaltung verändert sich, sie spürt es sofort. Dann lacht er und nimmt sie in den Arm, ganz fest drückt er zu, klopft mit einer Hand auf ihren Rücken und sagt: «Das wird schon, alles wird gut, Katharina.»

Die Scham überflutete sie wie eine Riesenwelle, sie traut sich kaum zu atmen, ihr «Ja, klar, wie immer» hört sich an, als würde sie es herauswürgen, fast verschluckt sie sich dabei, sie muss husten und Umut steht auf.

«Ich glaube, wir sollten mal zurück zu den anderen», sagt er und hält ihr eine Hand hin. Sie greift danach und er zieht sie hoch, sie fühlt sich, als sei sie achttausend Tonnen schwer, aus Blei und Stahl und Salzwasser, ein Schiff auf dem Ozean, das es nur wie durch ein Wunder durch den Sturm schafft.

Sie schaut auf die Uhr. «Fuck!», ruft sie, «Umut, in fünf Minuten geht das Bingo los!»

«Ach ja, stimmt, deshalb habe ich dich gesucht! Alter, ich werde schon so vergesslich wie die Alten.»

Sie drängt an ihm vorbei und rennt die Stufen hoch, das Gewitter ist weitergezogen und die Luft ist feucht und kalt. Sie rennt über die nassen Wege, durch Pfützen und Matsch, der Vorplatz hat sich geleert, es stehen nur noch ein paar Bewohner draußen, die meisten sind wohl mit ihren Angehörigen nach drinnen geflüchtet. In der Vorhalle herrscht reges Treiben, Katharina bahnt sich ihren Weg hindurch, stolpert fast, entschuldigt sich ununterbrochen, erreicht endlich die Aula und sieht Holgi schon auf der Bühne stehen. Er trägt eine goldene, glitzernde Jacke und scherzt gerade mit Paola, als sie die beiden atemlos erreicht. «Tut mir leid, ich wurde aufgehalten», stößt sie atemlos hervor, Holgi lacht und sagt «Wie immer». Paola lächelt sie wie jemanden an, der einem ganz schön leidtun kann. Und sie hat ja auch recht. Wie Katharina da steht, mit ihren feuchten Haaren und dem roten Gesicht, das Make-up fast vollständig aufgelöst, ebenso wie sie, sie ist wie eine dieser Brausetabletten, sie wirbelt herum und dreht sich wie verrückt und am Ende ist nichts mehr von ihr übrig.

Das Bingo verläuft zäh, obwohl Holgi und sie ein Mikrofon haben, versteht ständig irgendjemand die Zahl nicht. Holgi versucht, witzig zu sein, und denkt sich Dinge aus wie «die dreckige 69» oder «die fantastische Ölf», aber das macht es nur noch schlimmer. Christine ruft bei jeder zweiten Zahl: «Was?» und Holgi wiederholt die Zahl mit einer Engelsgeduld und am Ende dauern zwei Runden eine Stunde und Katharina will eigentlich nur ins Bett. Sie schämt sich unendlich dafür, dass sie Umut fast geküsst hätte, und würde am liebsten diesen ganzen Tag einfach aus dem Speicher löschen, aber der Moment, in dem Umut zurückgeschreckt ist, hat sich ganz bestimmt mit Batteriesäure in ihren Hippocampus geätzt, das wird sie niemals vergessen, das nicht.

Nach dem Bingo muss sie dringend eine Zigarette rauchen, sie schleicht sich hinter die Rezeption und stößt die Tür zum Seitenausgang auf. Gerade als sie sich eine anzünden will, stürmt Paola auf sie zu. Sie schwankt leicht und sieht gar nicht gut aus. «Eins ist weg!», ruft sie schon von Weitem und Katharina sieht sie fragend an. «Ein Viech ist weg! Eins ist weg!»

Gemeinsam laufen sie zu Thomas und Markus, Paola sagt kein Wort mehr, aber Katharina merkt, dass sie betrunken ist.

«Was macht ihr *hier*? Ihr müsst Jeremy suchen!», brüllt Thomas, als er sie sieht, und Paola brüllt zurück: «IHR müsst Jeremy suchen, woher soll ich wissen, wo ein Alpaka hinrennt?»

Thomas flucht und schreit jetzt Markus an. «Du hättest wissen müssen, dass der Panik kriegt, wenn ich nicht gekommen wäre, wären die jetzt alle weg!» Markus steht mit nassen Haaren vor ihm, völlig verängstigt und sagt – natürlich – kein Wort.

Katharina würde gerne laut lachen, weil das hier das absolut beste Ende dieses Tages ist, natürlich ist am Ende ein Alpaka weg. Zum Glück ist das ganze Gelände eingezäunt und das Gewitter fort, in irgendeinem

Busch werden sie Jeremy schon finden. Aber sie finden ihn nicht. Auch nicht nach einer halben Stunde und auch nicht, nachdem sie das Gelände komplett abgesucht haben. Thomas hat die anderen Tiere inzwischen in die Anhänger gebracht und Markus ist mit dem ersten schon auf dem Weg zurück zur Ranch. Katharina schaut auf ihr Telefon und sieht, dass Umut ihr vor fünf Minuten geschrieben hat: «Komm mal her, ich muss dir was zeigen.»

Sie ruft ihn sofort an.

«Kann es sein, dass ihr was verloren habt?», fragt er fröhlich.

Katharina ist verwirrt.

«Was sollen wir verloren haben? Ich hab gerade keine Zeit, Umut, hier ist richtig Stress, ein Alpaka ist weg.»

Umut lacht laut und sagt dann: «Rate mal, was hier bei mir steht?»

Katharina schreit fast ins Telefon: «Wo seid ihr? Wo ist Jeremy?»

Umut kann vor Lachen kaum sprechen und legt einfach auf. Katharina kann es nicht fassen. Gerade als sie Paola und Thomas erzählen will, was passiert ist, schickt ihr Umut seinen Standort.

«Das kann nicht sein», sagt sie und Paola sieht sie fragend an.

«Gib mal her», sagt Paola genervt und reißt ihr das Telefon aus der Hand.

«Können wir jetzt bitte los?», fragt Thomas und nimmt Paola das Telefon weg, dann geht er mit dem

Handy voraus in Richtung Hauptgebäude. Als die drei die Scheunen erreichen, ist kein Jeremy da und auch kein Umut.

Katharina nimmt Thomas das Telefon wieder aus der Hand und ruft ihn an. «Das ist nicht witzig, Umut, wo seid ihr?»

Ein Fenster im Erdgeschoss öffnet sich und Umut streckt seinen Kopf aus Christines Wohnung: «Hallo Leute!»

Paola hat schon die Haustür aufgeschlossen und Katharina eilt ihr und Thomas in die Wohnung hinterher. Und tatsächlich, da steht Jeremy. Im Wohnzimmer von Christine. Die sitzt völlig weggetreten in einem Sessel, auf dem Sofa daneben entspannt Margot, fast als würden sie ein Kaffeekränzchen halten.

«Ich frage jetzt genau einmal und ich möchte eine sehr klare und verständliche Antwort. Wie, wie ist … nein, ich fange anders an. Warum ist … nein, Moment. Was um Himmels willen macht dieses Vieh in dieser Wohnung?», schreit Paola und Thomas sagt leise: «Nicht schreien, Paola, das solltest du wirklich nicht machen, wenn Jeremy gestresst ist.»

«Das ist mir scheißegal, ob dieses Viech gestresst ist, ich will jetzt wissen, wie das hier passieren konnte!»

Margot grinst und schaut Umut an.

«Also ich bin erst hierhergekommen, als Jeremy schon in der Wohnung war!»

Paola sieht aus, als würde sie gleich ausrasten, Katharina macht sich Sorgen, dass sie entweder Margot, Christine, Umut oder Jeremy eine Ohrfeige gibt, am ehesten wohl dem Tier, das es gewagt hat, weg zu sein.

Plötzlich seufzt Christine laut und alle erschrecken sich. Manchmal vergisst man, dass sie überhaupt da ist.

«Ich wollte ihn nur beschützen», sagt sie leise und alle starren sie an.

«Wovor?», schreit Paola und Thomas hält einen Finger vor den Mund, damit sie endlich aufhört zu schreien.

Jeremy wirkt immer unruhiger, man merkt, dass er wirklich ein wenig gestresst ist, an seinem Maul bildet sich schon Spucke, er gibt röhrende Geräusche von sich.

«Wovor, Christine? Wovor willst du ein Alpaka beschützen?», schreit Paola und reißt an Jeremys Zügeln.

Es trifft sie mitten ins Gesicht. Für eine Sekunde ist alles still und dann lacht Umut so laut, dass es wohl bis zum Hauptgebäude zu hören ist. Alle Blicke richten sich auf Paola, es ist, als würde für einen Moment endlich mal die Zeit stillstehen.

Paolas Brille ist voller Spucke, sie lässt Jeremys Zügel los, nimmt ihre Brille ab, dreht sich um und verlässt die Wohnung, sie sagt nichts, es ist vollkommen still. Katharina läuft Paola hinterher, sie weiß sofort, dass hier gerade etwas passiert ist, das Konsequenzen haben wird. Sie weiß nur nicht, für wen. Draußen holt sie Paola ein und fasst sie an der Schulter, Paola schüttelt ihre Hand ab und geht einfach weiter. Als Katharina es endlich schafft, sie zu sich umzudrehen, sieht sie, dass Paola weint. Sie weint, ohne einen Ton dabei von sich zu geben, und ihre Augen sind so leer wie die des Alpakas, es ist, als würde man in einen Abgrund sehen, aber dieses eine Mal sieht der Abgrund nicht zurück. Katharina weiß nicht, was sie sagen soll. Paola dreht sich um und geht einfach weiter, läuft Richtung Vorplatz und Katharina könnte ihr folgen, aber sie bleibt stehen und sieht Paola nach. Und sie ahnt, sie sieht sie heute zum letzten Mal.

15

«Ich hoffe, das Kleid ist nicht neu», sagt Johanna, als sie Ferdi in die Trage steckt, die Katharina sich schon umgeschnallt hat.

«Oh Gott ist der schwer», stöhnt sie.

«Alles meine gute Milch, die hat ihn schön fett und schwer gemacht!» Johanna sieht stolz aus, als sie das sagt, und Katharina starrt auf ihre Brüste. Johanna stillt seit vier Monaten kaum noch, aber es wäre schon sehr unhöflich, ihr das jetzt zu sagen.

«Wie viel wiegt der? Zehn Kilo?» Katharina bereut ihre Zusage, sich zwei Stunden um Ferdi zu kümmern, jetzt schon, aber sie weiß, dass der Arzttermin von Johanna wichtig ist. Sie fragt sich, wie sie dieses riesige Baby durch den Park tragen soll. Johannas Freund ist bei der Arbeit, der Kleine in der Kita, sie hatte es schon vor Wochen versprochen und sich darauf gefreut, es gibt jetzt kein Zurück mehr.

In der Nacht zuvor hatte sie plötzlich Angst bekommen. Sie wollte für Johanna da sein, sie wollte zeigen, dass man sich auf sie verlassen kann, dass Mütter nicht von ihren Freundinnen alleingelassen werden und dass es stimmt, wenn sie sagt, dass sie immer für sie da ist.

«Kann ich den nicht im Kinderwagen rumschieben, Johanna?»

«Er hat gegessen, gekackt und ich hab ihn totgespielt und wenn du willst, dass der nicht den ganzen Park zusammenbrüllt, dann lässt du ihn jetzt die ein, zwei Stunden in der Trage pennen, das mag der eben am liebsten, du kannst ja gerne versuchen, ihn jetzt in den Wagen zu legen, und mal gucken, was dann passiert.»

Katharina guckt lieber nicht, was dann passiert, und als sie mit Ferdi draußen ist, hat sie sich schon fast an das Gewicht gewöhnt. Sie spürt, wie Ferdi ihr das Kleid durchnässt, Johanna hatte sie schon gewarnt, dass das passieren wird. Sie ekelt sich ein wenig vor der ganzen Spucke, aber vor allem steht sie jetzt hier mitten auf der Müllerstraße mit einem Baby in der Trage und die ganze Stadt hat sich verändert. Sie ist allein in Johannas Haus hineingegangen, die Straße war voll, alle hektisch und genervt wie immer und dann ist sie wieder aus der Haustür heraus, mit Ferdi auf ihrem Bauch, und die Welt ist plötzlich vollkommen anders, als habe sie durch die Tür eine andere Dimension betreten. Sie schlendert in Richtung Schillerpark und die Menschen, die ihr entgegenkommen, lächeln sie freundlich an, eine Mutter nickt zum Gruß und Katharina ist so verwirrt, dass sie erst gar nicht weiß, was los ist, warum ist denn plötzlich alles anders? Als auch noch ein unfreundlich aussehender Mann ihr Platz macht, statt einfach wie gewöhnlich in sie hineinzulaufen, versteht sie es: Es ist Ferdi. Sie ist für die anderen die Mutter. Eine Mutter mit einem Baby vor sich, das gluckst und brabbelt und sein Köpfchen bewegt, weil Ferdi wohl gerade genauso aufgeregt ist wie sie. An der Ampel streiten sich zwei Männer in ihren Autos, einer ruft «Wichser» und der andere hupt wie verrückt, Katharina lacht und sagt zu Ferdi, dass er sich das ja nicht abgucken soll, und dann spürt sie es, sie fühlt es, obwohl es nicht ihr Kind ist, obwohl das hier völlig neu ist, obwohl es schrecklich wehtut: Sie ist nicht allein. Zum ersten Mal seit Jahren fühlt sie sich nicht vollkommen allein. Sie hat Ferdi und sie muss ihn beschützen, sie erinnert sich an ein Video bei Instagram, in dem sich eine Frau vor das Auto schmiss, das drohte ihr Kind zu überfahren. Sie hatte sich gefragt, ob sie auch so handeln würde, ob sie geistesgegenwärtig genug sei. Jetzt, mit Ferdi, weiß sie, wie es ist. Zumindest glaubt sie es zu wissen. Er ist nicht ihr Sohn und sie würde trotzdem jetzt schon alles für ihn tun, ihn vor allen und allem beschützen, niemals zulassen, dass ihm etwas passiert. Sie drückt ihn fest an sich und hält sein Köpfchen mit ihren Händen, seine Haut ist warm und weich. Er schaut sie aus riesigen Augen an und sie kann sich nicht vorstellen, ihn jemals wieder herzugeben.

Es ist mittlerweile November, sie denkt trotzdem immer noch an das Herbstfest vor ein paar Wochen. Paola hat sich krankgemeldet und Katharina kennt die Vertretung nicht. Es ist ihr auch egal. Sie hat überlegt, sich bei Paola zu melden, aber sie hat nicht einmal ihre Nummer. Auch der Kontakt zu Umut ist sporadisch und selten, sie vermisst ihn, aber sie weiß, dass es besser ist, ihm nicht zu schreiben.

Ferdi wird unruhig, als sie den Park erreichen, und dann fängt er an zu weinen. Sie wird ein bisschen panisch, versucht, ihm den Schnuller zu geben, den Johanna ihr an der Trage befestigt hat, aber er wehrt sich und weint noch mehr. Sie fühlt sich schrecklich und hat Angst, etwas falsch gemacht zu haben. Sie streichelt sein Köpfchen und murmelt beruhigende Worte, ihr Herz rast dabei wie verrückt, sie versucht, auch sich zu beruhigen, weil er das doch auch spürt, dass sie Angst hat und überfordert ist. Sie wippt mit den Füßen und geht ganz langsam, das Geschrei stört sie nicht, es ist vielmehr die Angst, daran schuld zu sein, dass es Ferdi nicht gut geht. Sie kann sich nicht einmal vorstellen, wie sich Mütter bei ihrem ersten Kind die ganze Zeit fühlen müssen, wenn sie jetzt schon vor Angst und Überforderung ganz verrückt wird. Sie kann Ferdi in zwei Stunden wieder zurückbringen, Johanna kann ihn nicht einfach abgeben, wenn es ihr zu viel wird.

Ferdi weint sich in den Schlaf, zum Glück ist er schnell erschöpft. Als er eingeschlafen ist, holt sie ihr Handy aus dem Rucksack, in dem sie Windeln und Feuchttücher und eine kleine Decke mitgenommen hat. Gerade als sie ein Selfie von sich und Ferdi gemacht hat, ruft eine ältere Frau, die auf einer der Bänke am Wegesrand sitzt, dass sie mal lieber ihr Telefon weglegen solle, «Das muss doch nicht ständig sein!». Katharina ist so perplex, dass sie nicht weiß, was sie antworten soll. Am liebsten würde sie zurückschnauzen, dass die Alte ihren Mund halten soll, aber irgendwie fühlt sich das nicht richtig an, mit einem Baby vor dem Bauch, außerdem will sie Ferdi nicht aufwecken und ihn noch ein wenig beschützen, vor dieser Welt, in der einem ständig jemand sagt, was man alles muss und darf und soll. Ständig muss man was machen, die Kontodaten ändern oder das beste Tagesgeld finden oder den Müll runterbringen und diese sich völlig von allein vermehrenden Pfandflaschen weg und dann ist der Automat kaputt, immer muss man jemanden zurückrufen oder was liken oder das Bett beziehen oder richtig lüften, Klamotten aussortieren oder nicht mehr so viele bestellen, man ist so ein CO_2-Schwein, ekelhaft, zum Ausgleich benutzt man nur Pappstrohhalme, die nach alter Klorolle schmecken, und dann darf man sich nicht mal über Taylor Swifts Privatjet bei Instagram aufregen, weil man dann auch keine gute Feministin mehr ist, und man muss dünn sein, aber nicht mit Abnehmspritzen und wenn, dann darf man das keinem sagen, man soll vorsorgen, aber nicht über Geld sprechen, man soll sich verlieben, aber nicht in die Red Flag, man soll den Mann nicht nerven, man soll Onlinedating machen oder es lassen, man soll lieb sein und klein und trotzdem lange Beine haben und wenn man groß ist, muss man damit leben, dass die Männer immer die kleineren Frauen wollen, und man darf keinen Mann wollen, der größer als man selbst ist, weil das ist Bodyshaming, und man darf dem Typen bei Twitter nicht antworten, dass er seine dumme Fresse halten soll, weil man «dumm» nicht mehr sagt, und man darf nicht schreien und keine klärenden Gespräche suchen, wenn man nicht zusammen ist, denn dann ist man anstrengend, und man soll nicht auf das hören, was andere sagen, obwohl andere ständig einfach ungefragt was zu einem und vor allem über einen sagen, und man soll Sport machen, aber nicht zu viel, und man soll kein Mann sein wollen, aber trotzdem stark, und man soll sich immer zusammenreißen und die OBs selbst kaufen, Rasierer für Bärte gibt es ja schließlich auch nicht umsonst und man darf das Matriarchat trotzdem nicht wollen, auch wenn jeden zweiten Tag eine Frau durch einen Mann stirbt, und man darf eigentlich gar nichts, erst recht nicht alles wollen und selbst wenn das nur die faire Hälfte ist, ist das doppelt zu viel. Ständig muss man sich entschuldigen, weil einem das so beigebracht wurde, man darf die Nachbarn auf der Dachterrasse nicht anbrüllen, dass sie die Schnauze halten sollen, man darf als Frau nicht zu viele Schimpfwörter in ein Buch schreiben, sonst ist man nicht intellektuell genug, und einen Instagram-Account hat man am besten auch gar nicht erst, sonst kommt eine andere Frau und spricht nicht über das, was man kann, sondern nur noch über das, was man ihrer Meinung nach ist.

Man darf nicht hassen und auf gar keinen Fall zu schnell lieben, man darf den besten Freunden nicht sagen, dass sie behaupten, Feministen zu sein, und trotzdem immer die Fresse halten, wenn's um ihre Bros geht oder um ihre Partnerinnenwahl, denn huch, wie kann das denn sein, das sind ja alles immer dünne, kleine Mädchen, aber das hat natürlich nichts mit dem Patriarchat zu tun. Man darf nicht jammern und man darf nicht klagen, man darf nicht einsam sein, weil das peinlich ist. Man darf oben ohne ins Freibad, aber wenn man vergewaltigt wird, ist man selbst schuld, du Nutte, was ziehst du auch nichts an. Man muss Kinder haben und wenn man keine hat, muss man einen Partner haben und wenn man den auch nicht hat, dann ist was mit einem, dann ist man bestimmt eigentlich gar nicht hetero oder verrückt oder kaputt oder alles zusammen, das ist ja alles das Gleiche, frag mal Torsten76 bei Facebook, der bestätigt dir das. Das, was eine Frau bestimmt, ist ein Wort, ein einziges Wort, das sie ihr ganzes Leben verfolgt, es ist für sie so klar, es wird ihr beigebracht, seit sie denken kann: Sie MUSS. Natürlich kann sie sich dagegen entscheiden, aber dann wird's eben hässlich und dann muss sie das eben aushalten und ertragen, die Häme und Beleidigungen und die Blicke und die Chancen, die nicht kommen, und die Jahre, die vorbeiziehen. Der Mensch an sich muss ja sowieso einiges, aber einige müssen mehr als andere. In diesem einen Punkt haben die Frauen dieser Welt endlich mal mehr als Männer, na herzlichen Glückwunsch und jetzt bitte die Schnauze halten und hübsch aussehen, vielen Dank. Sie macht wütend noch gleich fünf weitere Selfies, bis sie eines hat, auf dem Ferdis Gesicht nicht zu erkennen ist. Sie lädt es bei Instagram hoch und schreibt dazu: «Schönster Morgen in bester Begleitung.» Dabei bleibt sie absichtlich in der Nähe der Frau stehen.

Ferdi kuschelt sich an sie und sein ganzer winziger Körper liegt so über dem Loch, dass sie es gar nicht mehr spüren kann. Mit Ferdi ist sie kein Donut mehr und auch kein Brötchen. Mit Ferdi ist sie ein kleines bisschen mehr ganz.

Sie läuft zu einem Biergarten am Ende des Parks. Hier ist sie oft im Sommer, wenn sie nicht am Schuppen ist. Sie hat hier viel Zeit mit Schnittlauch verbracht.

Sie will sich ein Slush-Eis kaufen, vielleicht kühlt das ein wenig das Brennen in der Brust, wenn Ferdi seine kleinen gluckernden Laute macht. Aber es ist zu kalt, sie bekommt kein Eis, der Biergarten ist längst geschlossen und in der Winterpause. Sie setzt sich auf eine Bank und hofft, dass Ferdi damit einverstanden ist. Sie schließt die Augen und spürt seine Nähe. Jetzt bloß nicht heulen hier, Katharina, jetzt bloß nicht mitten im Park heulen und Ferdi ganz volltropfen.

Ihr Handy vibriert die ganze Zeit, sie ist schon völlig genervt, aber als sie nachsieht, sieht sie, dass es Nachrichten bei Instagram sind. Zig Nachrichten, in denen Freunde und Bekannte schreiben, wie glücklich sie mit Baby aussehe. Ihr Cousin schreibt, dass ihr das Kind so gut stehen würde, ob sie nicht doch vielleicht eines … Sie liest nicht zu Ende und schließt die App. Sie heult vor Wut, wem steht denn ein Baby bitte nicht, sogar Sören würde süß aussehen, wenn er ein Baby vor den Bauch geschnallt durch die Gegend tragen würde. Als gäbe es nur eine Person auf diesem Planeten, an der ein Baby nicht gut aussehen würde, was denken sich die Leute manchmal, echt.

Würde gerade jemand an Katharina vorbeigehen, er würde eine Mutter sehen, die schrecklich weint, so sehr, dass ihr Kind ganz nass wird. Er würde vielleicht denken, dass die Mutter müde und überfordert ist. Er würde vielleicht Mitleid mit ihr haben, ein paar nette Worte sagen, wären sie hier nicht in Berlin. Er würde sie vielleicht aufmuntern, dass das auch vorbeigeht, dass nichts für immer so schlimm ist. Er würde denken, dass sie einfach mal wieder richtig schlafen muss, weil es so anstrengend ist, eine Mutter zu sein. Er würde nicht wissen, dass Katharina weint, weil sie so glücklich auf dem Bild mit Ferdi aussieht. So glücklich und vollständig und ohne Loch im Bauch. Er würde nicht wissen, dass die junge Mutter weint, weil sie keine Mutter ist.

16

Im Sonnenhang laufen die Vorbereitungen für die große Weihnachtsfeier auf Hochtouren. Überall wird geschmückt und dekoriert, der Chor übt Weihnachtslieder ein, Christine summt manchmal sogar mit. Es ist Dezember und alle sind ein wenig aufgeregt. Man spürt, dass für viele Bewohner diese Zeit sehr besonders ist, dass sie ein bisschen funkelt und strahlt und dass sie ein Lichtblick ist in diesem trüben Winter, in dem es ständig regnet. Sie alle wirken aufgekratzter als sonst oder ganz im Gegenteil viel ruhiger, Weihnachten macht immer etwas mit den Menschen, die es feiern, man kann sich dem nicht entziehen. Katharina hat in den letzten Wochen viel in der Agentur gearbeitet und viel Zeit zu Hause verbracht. Sie liegt meistens auf ihrer Heizdecke und hofft zum hundertsten Mal, dass sie auch dieses Mal nicht nachts in Flammen aufgeht, ständig versetzt sie ihr elektrische Schläge, aber Katharina liebt diese Heizdecke, sie ist wie eine gigantische trockene Badewanne und Kasper schnurrt auf ihrem Bauch, dabei schaut sie Serien, in denen alle am Ende immer glücklich sind, und dann heult sie sich in den Schlaf, weil sie offensichtlich nie ein Happy End bekommt. Alina hat sie gefragt, warum sie dann nicht welche wählt, in denen alle unglücklich sind, und Katharina hat geantwortet, dass sie das Unglück anderer Leute auch nicht glücklicher macht. Trotzdem hat sie damit weitergemacht, Dokumentationen über Tiere und Menschen zu sehen, denen es wirklich schlecht geht. Menschen mit schweren Krankheiten, Wale, die gejagt werden, Flugzeuge, die abstürzen. Manchmal hat das ein wenig geholfen, weil sie dann um die Wale geweint hat oder um die Menschen, aber meistens hat sie mittendrin den Film beendet, weil sie es nicht ausgehalten hat.

Überhaupt hält sie sich selbst nicht aus, dieses ewige Selbstmitleid, nur weil sie kein Kind hat. Es gibt doch auch noch andere Dinge im Leben? Sie versucht, darüber nachzudenken, welche das sein könnten. Ihr fällt nicht viel ein. Es wäre ein guter Zeitpunkt für eine weitere Katze, aber das kann sie vergessen, sie will nicht um noch ein Tier trauern müssen. Ihre Mutter verbringt Heiligabend bei Freunden, das ist noch so eine Sache, die ihr zu schaffen macht. Seit ihr Vater tot ist, ist Heiligabend ein einziges Quälen und Winden, die ersten Jahre hatten sie noch zu zweit gefeiert, es war schrecklich gewesen, am Ende waren beide jedes Mal deprimiert und traurig auseinandergegangen. Sie hatte sich für ihre Mutter verantwortlich gefühlt, sie wollte sich um sie kümmern, sie hatte den Gedanken nicht ertragen, sie allein zu lassen. Es hatte lange gedauert, bis ihre Mutter sich gefangen und wieder damit begonnen hatte, andere Menschen als

Katharina an sich heranzulassen. Jahre waren vergangen und erst jetzt hat Katharina das Gefühl, dass ihre Mama sich langsam an ein Leben ohne ihren Vater gewöhnt hat. Auch wenn das gar nicht geht, denn man gewöhnt sich an so etwas nie, ein riesiges Loch ist in eine Straße gerissen worden, die man bis dahin ganz entspannt entlanggefahren ist, Jahrzehnte ohne größere Unfälle manchmal, ohne Stopp und ohne dass der Tank leer ging, und dann schlägt da diese Bombe ein und man steht ewig davor und ist verzweifelt und weiß nicht weiter, alle wollen helfen, aber niemand hat das richtige Werkzeug dabei, wie soll das auch gehen, wie soll man den Krater jemals wieder füllen, für eine Brücke ist er zu groß, zum Zuschütten zu tief und dann, mit den Jahren, findet man einen Weg um das Loch herum und sieht es dann bis zum Rest seines Lebens im Rückspiegel.

Katharinas Freunde und Freundinnen haben ihr angeboten, dass sie mit ihren Familien feiern kann, Johanna hat sie gleich dreimal eingeladen. Katharina hat sich lange vor einer Entscheidung gedrückt und dann einfach einen Flug nach Teneriffa gebucht, immer noch besser, im Atlantik zu ertrinken als in ihrem eigenen Selbstmitleid. Am 24. Dezember fliegt sie, einen Tag vorher ist ihr letzter Tag in diesem Jahr im Sonnenhang. Die Agentur hat bis Mitte Januar keine Aufträge für sie, sie weiß noch nicht, wann sie zurückkommt, vielleicht auch erst mal gar nicht mehr. Kasper hatte sich auf ihre Tastatur gesetzt, als sie den Flug One Way gebucht hatte, sie spürte wohl, dass sie wieder für ein paar Wochen zu Bian musste. Eigentlich kamen die beiden gut miteinander aus, Kasper lief sowieso ständig in ihren Laden und ließ sich dort von ihr mit Essen bestechen, aber trotzdem hatte Katharina ein schlechtes Gewissen. Bians Wohnung lag im Erdgeschoss, direkt hinter ihrem Laden im Vorderhaus, und Kasper musste sich so nicht an eine neue Umgebung gewöhnen, aber sie wusste, dass es egoistisch und falsch war, sie schon wieder so lange allein zu lassen. Vielleicht würde sie ja dieses Mal dort eine Wohnung für sie beide finden und einfach ganz von vorne anfangen. Sie weiß, dass das nie klappt, man kann den Speicher nicht einfach wechseln wie eine SD-Karte, man muss mit sich leben, ob man will oder nicht. Was man aber kann: vieles überschreiben mit neuen Eindrücken, mit dem Geruch des Meeres, mit Gesprächen mit Menschen, die man noch nie zuvor gesehen hat und vielleicht auch niemals wieder sieht, mit neuen Lieben und neuem Kummer, mit Sorgen, mit Hoffnungen und mit dem unbedingten Willen, weiterzumachen. Man kann es zumindest versuchen.

Den Job in der Agentur mag Katharina nach wie vor, aber sie ist auch ein wenig gelangweilt, sie wünscht sich mittlerweile jeden Tag, dass Sören endlich kündigt, und Alina hat ihr anvertraut, dass sie und ihr Freund gerade daran arbeiten, schwanger zu werden, und Katharina hatte sich verkniffen zu sagen, dass ihr Freund bestimmt sehr gut in Umstandsmode aussehen würde. Im Grunde wäre es ihr ohnehin nur darum gegangen, mit einem

Witz den kleinen Stich zu lindern, den diese Nachricht in ihr auslöste, und sie hatte sich selbst ermahnt, dass sie nun einmal mit Ende dreißig damit leben musste, dass alle um sie herum Kinder bekamen, nur sie eben nicht. Wenigstens konnte sie einfach einen Flug auf die Kanaren buchen, um dann dort traurig zu sein, und musste auf niemanden Rücksicht nehmen. Und ihr Gefühl sagte ihr ganz eindeutig, dass sie dieses Mal eine Wohnung finden würde. Sie hatte sogar ein paar Termine vereinbart für Besichtigungen, ganze fünf Apartments im Norden und Süden würde sie sich ansehen und sie war sich sicher, dass ihr jedes einzelne davon besser gefallen würde als ihre Wohnung in Berlin. Sie spürte, dass es Zeit war, aufzubrechen, dass Berlin der Sarg war, in dem sie lag, obwohl sie doch noch amtete, obwohl sie doch noch so was von am Leben war.

An diesem Samstag spielt sie mit der kleinen Gruppe aus den Schöfflings, Margot und Christine Uno, das hatten sich alle gewünscht, obwohl Katharina das Spiel hasst. Sie erinnert sich sehr gut an den Tag im August, als Christine sich geweigert hat, weiterzuspielen, wenn man eine +2-Karte nicht mit einer +4-Karte abschmettern durfte, es war ein riesiger Streit ausgebrochen, es wurde gegoogelt und argumentiert, am Ende waren alle sauer und Katharina hatte sich geschworen, dieses Spiel nur noch mit Sechsjährigen zu spielen, die waren exakt genauso anstrengend wie die Alten, aber sahen dabei wenigstens süß aus.

Als sie gerade mitten im Spiel sind, öffnet sich die Tür

und Umut kommt herein. Wie immer grinst er breit und Katharinas Herz zieht sich wie immer zusammen, so als würde der Stacheldraht da noch immer sitzen, obwohl sie jedes Mal wieder denkt, dass sie ihn endlich abgezogen hat. Seit dem Herbstfest gehen sie sich aus dem Weg, zumindest ist das ihr Eindruck. Wenn sie ihn sieht, grüßt sie ihn freundlich, so wie jeden anderen im Sonnenhang. Nach den Nachmittagen geht sie immer schnell nach Hause, manchmal noch kurz bei Klaus vorbei und setzt sich einen Augenblick zu ihm. Seit der Sache mit dem Alpaka haben sie einen Draht zueinander. Klaus hatte sie eine Woche später, als sie gekommen war, zu sich ins Häuschen gerufen und sich haarklein alles erzählen lassen, er hatte so sehr gelacht, dass Katharina zwischendurch kurz Angst bekam, er würde ihretwegen ersticken. Seitdem brachte sie ihm manchmal Schokolade oder andere Süßigkeiten mit und bekam dafür von ihm den neuesten Klatsch. Aber auch er wusste nicht, wann Paola wiederkommen würde, und war selbst sehr überrascht gewesen, dass sie einfach so verschwunden war. Er hatte Katharina erzählt, dass er sich Sorgen machte, aber Katharina hatte ihn beruhigt und ihm gesagt, dass sie ganz sicher war, dass es ihr gut gehe. Sie glaubte sich selbst nicht so richtig, aber hoffte einfach auf das Beste. Manchmal, wenn sie nachts wach lag, sah sie Paolas Blick wieder vor sich, ihre völlig leeren Augen, in denen absolut nichts mehr leuchtete oder lebte, das Gesicht voller Spucke und Tränen. Ja, auch sie machte sich Sorgen um Paola.

Umut setzt sich zu ihnen und schaut einfach zu. Sie fragt sich, was er denkt, was er von ihr hält, was er fühlt, aber eigentlich weiß sie es ja längst: nicht das Gleiche wie sie.

Einmal mehr ist sie froh, morgen einfach wegzufliegen, einfach weit, weit weg und von alldem hier nichts mehr zu wissen. Nicht von Paola, nicht von Swetlana, die in den letzten Wochen sehr erschöpft wirkte und kaum noch bei den Nachmittagen dabei gewesen war, nicht von Christine, die immer mehr abbaute und zwischen Wutanfällen und Schweigen hin und her pendelte, und nicht von Margot, die noch schlechter gelaunt war als sonst. Swetlana hatte Katharina bei einer ihrer mittlerweile seltenen gemeinsamen Zigaretten gesagt, dass ältere Menschen sich manchmal verändern, das sei oft ein Zeichen für eine beginnende Demenz, womit sie natürlich nicht sagen wolle, dass Christine dement sei, denn das fiele ja unter den Datenschutz.

Als der Nachmittag sich dem Ende neigt und sie gerade das Spiel wieder in den Schrank räumen will, steht plötzlich Umut hinter ihr.

«Hast du gleich mal eine Minute?»

Sie nickt. «Klar, worum geht's?»

«Lass uns das in Ruhe draußen besprechen, ja? Ich warte am Raucherausgang auf dich.»

Es fühlt sich an, als habe Umut die Worte gesagt, mit denen man jede Person foltern kann: Ich muss mit dir sprechen, aber nicht jetzt.

Sie verbietet sich die Hoffnung, die ihr schon wieder

die Gedanken verklebt, das hier ist keine Romcom, Katharina, er wird dir nicht gleich sagen, dass er dich liebt. Trotzdem schlägt ihr das Herz bis zum Hals, als sie die Tür zum Hinterausgang aufdrückt. Wie versprochen steht Umut da und raucht eine Zigarette.

«Du rauchst?», fragt sie.

«Eigentlich nicht», antwortet er.

Katharina zündet sich eine Zigarette an und entdeckt unter der Tasse Swetlanas Hundefeuerzeug. Sie muss unbedingt mal nach ihr sehen, sie hat sie so lange nicht gesprochen.

Umut bläst den Rauch in Kringeln aus, er pafft mehr, als dass er inhaliert, es sieht künstlich und ungewohnt aus, wie bei allen Menschen, die nur sehr selten rauchen.

«Also, sag, was gibt's?», fragt sie und könnte kotzen vor Aufregung. Sie sieht, dass ihre Finger zittern, als sie an der Zigarette zieht, und hofft, dass Umut es nicht bemerkt.

«Also, ich mach es kurz: Ich hör auf.»

«Womit?»

«Hier. Ich geh weg. Paola hat mir ein Angebot gemacht. Sie will eine ganz kleine Residenz übernehmen in Brandenburg, nur zwanzig, dreißig Leute. Und sie macht mich zur Pflegeleitung. Keine Schichtdienste mehr, kein Schleppen, kein Ackern. Ich hab zugesagt.»

Katharina nickt und beglückwünscht ihn, sie will fröhlich klingen und so, als würde sie sich für ihn freuen, und ein bisschen ist es auch so, das mit der Freude, aber eigentlich freut sie sich für sich, weil sie ihn dann nicht mehr ständig sehen muss und alles viel einfacher wird, wenn sie im Januar vielleicht zurückkommt, einfacher und einsamer, aber das ist ja oft das Gleiche.

«Wie geht's Paola?», fragt sie und Umut antwortet: «Okay geht's ihr. Sie war lange ... sie war ... sie hat sich helfen lassen, wenn du weißt, was ich meine. Also du weißt es. Ich will es nur nicht so aussprechen, weißt du, wegen ...»

«Datenschutz.»

Er lacht.

«Ich hab auch aus privaten Gründen gekündigt.»

«Jetzt machst du es aber sehr geheimnisvoll!»

«Es war viel los bei mir in letzter Zeit. Auch, weil ich immer so viel arbeite. Wir lassen uns scheiden.»

Katharina verschluckt sich am Rauch und hustet, hat sie sich gerade verhört?

«Was? Warum das denn?» Sie versucht, nicht hoffnungsvoll zu klingen und dieses Mal so, als würde sie sich wirklich gar nicht freuen, nein, nein, auf gar keinen Fall, kein bisschen.

«Ich habe jemand anderen kennengelernt.»

Sie erstarrt. Jetzt muss sie sich nicht mehr verstellen und so tun, als würde sie sich nicht freuen. Sie hat Angst. Angst, nachzufragen und Angst, dass er das Falsche sagt, und das Falsche wäre, dass es nicht sie ist, die er kennengelernt hat, auch wenn sie weiß, dass genau das passieren wird, denn das hier ist keine Romcom, das weiß sie doch mittlerweile, das muss sie doch nun endlich mal kapiert haben.

«Oh schön! Freut mich für dich. Arbeitet sie auch hier?»

«Nein», sagt Umut und schaut sie vorsichtig an. Sie wünschte, sie könnte glauben, dass er sie meint, denn irgendwie arbeitet sie ja tatsächlich nicht hier.

«Was ... was macht sie denn?»

«Du stellst wieder Fragen, Katharina!» Er lacht und umarmt sie plötzlich. Dann sagt er: «Ich bin so froh, dass wir uns kennengelernt haben. Ich hoffe, wir bleiben in Kontakt, du bist echt so eine coole Person.»

Katharina schweigt und atmet seinen Geruch ein, Amber, Schweiß und Moos. Sie versucht, ihn sich zu merken, und hofft gleichzeitig, dass sie ihn für immer vergessen wird.

«Also, Katha, falls wir uns nicht mehr sehen: Meld dich mal, ja? Meine Nummer hast du ja.»

Sie nickt, ja, die hat sie, schon dreimal gelöscht und wieder eingespeichert, aber sie hat sie.

Er umarmt sie noch einmal und dieses Mal hält sie dabei die Luft an.

«Und falls du sonst nichts Besseres vorhast: Ich bin hier morgen mit den Zurückgebliebenen, wir machen bisschen Weihnachtsparty und Bescherung, kannst dich ja dazugesellen.»

Katharina schüttelt den Kopf und sagt, dass sie morgen nach Teneriffa fliegen wird. Er ist überrascht und lacht, als er sagt, dass dieses Mal hoffentlich niemand sterben wird. Sie nickt und denkt, dass er keine Ahnung hat, dass hier gerade eine direkt vor seinen Augen stirbt, nicht einmal, nicht zweimal, sondern tausendmal stirbt die und dabei lächelt sie und sagt, wie sehr sie sich freut, sie kann es kaum abwarten, endlich im Flieger zu sitzen, das wird ganz toll, Umut, ganz, ganz toll wird das, sie lächelt und drückt ihre Zigarette aus und dann geht sie den Hang hinunter wie schon so viele Male zuvor und dabei lächelt sie noch immer, obwohl sie niemand sehen kann, sie lächelt und sie beißt die Zähne zusammen, das Herz in Fetzen schleift sie hinter sich her.

17

Der Flug geht um halb sieben am Abend, sie ist trotzdem schon um acht Uhr in der Früh wach und starrt die Decke an. Es ist alles schon gepackt, sie muss nur noch die Zahnbürste und ihr Shampoo in einen ihrer Koffer legen und dann könnte sie sofort zum Flughafen los. Sie hört, wie das Haus langsam wach wird, der Morgen graut und die Heizung gluckert gar nicht mal ganz so leise vor sich hin, das Geräusch beruhigt sie und erinnert sie an den Altbau, in dem sie aufgewachsen ist und in dem die Heizung immer irgendein Geräusch gemacht hat, es sind die Töne ihrer frühesten Erinnerungen. Sie denkt an die Wintermorgen an Weihnachten, wenn sie aufgeregt in ihrem Bett gelegen und darauf gewartet hat, dass ihre Eltern wach werden, damit sie runter zum Frühstück flitzen kann, vorbei an den Zimmern ihrer Großmutter, so schnell es geht, weil mit dem Frühstück endlich diese drei Tage aus Geschenken und Plätzchen und der seltenen Zeit mit dem Vater beginnen würden. Sie fühlt diese Aufregung bis heute, sie weiß so gut wie nichts mehr aus ihrer Kindheit, aber dieses Gefühl ist geblieben. Es trifft sie, jetzt, allein in ihrem Bett, ohne Kasper, ohne ihre Eltern, nur mit dem Erbe ihres toten Vaters auf dem Konto, mit dem sie eine Wohnung auf Teneriffa kaufen will. Sie hat überlegt, ihre eigene Wohnung unterzuvermieten, aber erträgt den Gedanken nicht, dass jemand anderes in ihrer Höhle sein könnte, jemand Fremdes, der laut Musik hört oder ihre Töpfe benutzt. Sie will jederzeit zurückkommen können, auch wenn sie noch gar nicht weiß, wann das eigentlich sein soll, und sich alles in ihr danach sehnt, hier doch bloß endlich weg zu sein, weg aus dem Loch, raus, weg aus dem Sonnenhang, weg aus Berlin, weg aus diesem Leben in einem Kokon, ohne zu wissen, als was man aus ihm schlüpfen wird. Gerade als sie sich fragt, wie sie die Stunden bis zum Abend herumbekommen soll, vibriert ihr Telefon. Eine unbekannte Nummer hat ihr eine SMS geschickt.

Hallo Katharina! ! ich bin es
Margot
Es Geht mir nicht gut ich glaube
es ist schlimm kannst du herkommen

Katharina ruft sofort die Nummer an, wird aber weggedrückt. Gerade als sie panisch Umut schreiben will, kommt die nächste Nachricht:

Kann nicht mehr sprechen,
bitte
kom her

Sie springt aus dem Bett, zieht sich so schnell sie kann an und versucht dabei abwechselnd, Umut und Margot zu erreichen, aber niemand geht ran. Sie ruft im Sonnenhang an und schreit beinahe, als sie sagt, dass etwas mit Margot nicht stimmt und sie sofort nach ihr sehen müssen. Fünf Minuten später sitzt sie im Taxi, es ist neun Uhr morgens und die Straßen sind wie ausgestorben, nur einmal hat sie die Stadt bisher so gesehen und das war während der Pandemie im ersten Jahr an Heiligabend. Sie versucht noch immer, Umut zu erreichen, Margots Telefon ist mittlerweile ausgeschaltet. Vielleicht ist Margot gestürzt und liegt irgendwo auf dem Gelände, vielleicht ist sie im Keller eingesperrt, vielleicht hört sie niemand rufen, aber warum schreibt sie dann ihr, statt den Empfang anzurufen? Die Wohnungen im Sonnenhang haben alle einen Alarmknopf, sie kann also auch nicht dort sein, aber: Wo ist Margot?

Das Taxi braucht fast dreißig Minuten, an der Pforte springt sie sofort aus dem Wagen, knallt die Tür zu und rennt an Klaus vorbei, sie grüßt ihn nicht mal, sie ruft nur: «Mach bitte das Tor auf, es ist dringend, bitte mach schnell!»

Als sie oben ankommt, läuft sie fast gegen die Glastür, weil die sich zu langsam öffnet, und steht dann atemlos vorm Empfang.

«Habt ihr sie?» Die Frau am Empfang ist verwirrt.

«Haben wir wen?»

«Margot!»

«Ah, stimmt, ja, wir haben sie, sie ist im zweiten Stock in Paolas altem Büro, du weißt ja wo.»

«Und was ist mit ihr? Wo war sie?»

«Schau am besten selbst, Katharina.»

«Datenschutz oder was?»

«Datenschutz oder was.»

Sie will wütend werden, schüttelt aber einfach nur den Kopf und macht sich auf den Weg nach oben.

Alle Gänge sind geschmückt und es riecht nach Weihnachten, nach Zimt und Anis und nach Desinfektionsmittel, wie immer, das ist die einzige Konstante, die hier immer existieren wird, selbst wenn alle durch Roboter ausgetauscht wurden und Sonnenhang fliegen kann, wird es hier nach Desinfektion riechen, denn der Mensch ist keine Insel, der Mensch ist ein Wald voller Bakterien und Dreck. Es ist friedlich und sehr warm hier drinnen. Sie geht vorbei an den Wohnungen der Bewohner, an ihren kleinen Tischen und ihren Türen, an denen ihre Namen stehen. Sie ärgert sich, dass sie sich bis heute keine Zeit genommen hat, sich all die kleinen Tischchen anzusehen, all die Schalen, Bilder und Vasen, es kommt ihr respektlos vor, so, als hätte sie sich nicht genug mit allen beschäftigt, so, als hätte sie auch nach einem halben Jahr im Sonnenhang niemanden so richtig kennengelernt. Und mit jedem Schritt mehr wird ihr klar, dass das auch genau so ist, dass sie so sehr mit sich beschäftigt gewesen war, mit ihrer Trauer, ihrem Schmerz, mit Umut, dass sie eigentlich gar keine Ahnung hat, wer all diese Menschen sind, und vielleicht ist der Mensch doch eine Insel, ein Wald auf einer Insel, Millionen kleine schwimmende Vollkatastrophen, die darauf warten, dass das Meer sie wieder verschlingt.

Vor Paolas Büro holt sie noch einmal Luft. Sie will ihren Herzschlag in die Knie zwingen, ihn beruhigen, damit er nicht mehr so laut im Kopf ist, sie bräuchte Noise-Cancelling-Kopfhörer für sich selbst. Was für ein Jahr, was für eine wilde Fahrt, Monate wie eine einzige Kirmes, die nicht endet, gefangen in einer Achterbahn, die niemals anhält, sie will nur noch aussteigen, nein ey, echt nicht, keine weitere Fahrt, keine bunten Lichter, kein Geschrei und keine Musik. Sie drückt die Türklinke herunter und sie hat mit allem gerechnet, aber nicht damit, dass sie Margot in einem Sessel sitzen sieht, ganz gemütlich mit einem Glas Glühwein in der Hand, hinter ihr ein Zwei-Meter-Tannenbaum, daneben weitere Sessel und Stühle, auf denen Umut, Christine und die Schöfflings sitzen und sich gerade bestens zu unterhalten scheinen. Sie hat mit allem gerechnet, aber nicht damit, dass Margot ihr jetzt erklärt, dass sie sich setzen soll, und Umut ihr ein Glas Glühwein in die Hand drückt. Sie hat mit allem gerechnet, aber nicht damit, dass alle bester Laune sind und ihr erklären, dass sie Katharina überraschen wollten und sich Margot gewünscht hat, dass sie heute da ist, und die anderen sich angeschlossen haben, weil sie alle geglaubt haben, dass das eine wirklich gute Sache für Katharina wäre, heute nicht allein zu sein und lieber mit ihnen Weihnachten zu feiern, selbst wenn es nur für ein paar Stunden ist. Sie hat nicht damit gerechnet, dass Margot ihr feierlich eine Flasche Eierlikör überreicht und die Schöfflings ihr einen selbst gestrickten Schal schenken. Sie hat nicht damit gerechnet, dass sie dasitzt und ihren Glühwein trinkt und um sie herum Menschen sind, die ihr etwas bedeuten und denen sie etwas bedeutet. Sie hat nicht damit gerechnet, dass ausnahmsweise mal überhaupt nichts Schlimmes passiert, kein Drama, kein gebrochenes Herz, keine Angst, niemand stirbt, niemand tot, sie hat nicht damit gerechnet, dass sie glücklich sein wird, glücklich und satt und ein bisschen betrunken. Das mit dem Glück ist wie mit dem Unglück, es schleicht sich hinterrücks an und ist einfach plötzlich da, Wochen, Monate, Jahre, ganze Leben kann man darauf warten und dann küsst einen ein schöner Mann im Regen in einer gewöhnlichen Mittwochnacht, die eigentlich ganz anders geplant war, oder man hat endlich diese fünf Zahlen richtig getippt, diese fünf kleinen Zahlen, die alles ändern, oder man hat einen Test mit zwei Streifen in der Hand und es ist die gute Art von Streifen, die, bei denen man fast ohnmächtig wird vor Freude, oder man schafft endlich dieses eine verdammte Level. Es ist Erdbeerkuchen von Oma an einem Tag bei fünfundzwanzig Grad und Sonne, es ist Freibadpommes, es ist so sehr lieben, dass man fast ohnmächtig wird vor Glück, es ist auf dem Boden liegen und in einem Buch diese eine Stelle finden, die man nie wieder vergisst und bis zum Rest des Lebens zitiert, es ist am Geburtstag ein Geschenk bekommen, mit dem man nicht gerechnet hat, von jemandem, den man lange nicht gesehen hat, es ist diese eine WhatsApp nachts um drei, die alles wieder ändert, es ist Ja sagen, tausendmal Ja sagen und kein einziges Mal Nein, es ist nicht aufgeben, sondern hoffen, bis man raue Hände bekommt vom ganzen Beten darum, dass doch noch alles gut geht, es ist die neuen Schuhe ausziehen und barfuß weiterlaufen, mitten im Sommer über die Museumsinsel bei dreißig Grad, es ist ein Gespräch unter Freunden, bei dem man nachher nicht wach liegt und sich fragt, ob man schon wieder zu viel war oder viel zu wenig, es ist sich im Spiegel anschauen und die eigene komplett irre Schönheit bewundern, die das ist, weil man da ist, weil man existiert, weil man so was von am Leben ist, mit all der Härte und dem Rotz, mit all den Tränen und dem Hass, mit dieser ganzen wahnsinnigen Liebe, die man trotz allem und genau deswegen immer wieder in die Welt brüllt wie so eine Irre, weil die ganze Menschheit das wissen soll, dass das Herz schlägt und das Blut pumpt und der Magen knurrt vor Hunger auf einfach alles, alles, alles. Es ist, von den Menschen überrascht zu werden, von denen man es am wenigsten erwartet hat, es ist einfach dieses Leben, bei dem sich die Autoren immer wieder etwas ausdenken, mit dem jetzt aber wirklich niemand gerechnet hat.

Ein bisschen fühlt es sich an wie einer dieser Filme, in denen am Ende alles gut wird, bloß dass das hier kein Happy End ist. In der Ecke steht ein Bild von Manni mit schwarzem Trauerband, irgendjemand hat einen Pfeffi davorgestellt, sie prostet ihm mit Glühwein zu.

«Ich gehe mal eine rauchen», sagt sie und will gerade zur Tür hinaus, als sie sieht, wie Margot ihr folgt. Gemeinsam gehen sie den langen Gang runter, schweigend nehmen sie den Fahrstuhl nach unten, gehen durch die

Vorhalle, bis sie am Empfang vorbei sind. Als Katharina sich eine Zigarette anzündet, fragt Margot sie fast schüchtern, ob sie auch eine haben kann. «Du rauchst doch gar nicht?» Margot lacht und zündet sich die Zigarette mit einem Feuerzeug an, das sie aus ihrer Handtasche holt.

«Du erstaunst mich immer wieder, Margot. Wirklich, das muss man dir lassen.»

«Hat nicht geklappt mit dem Umut, oder?»

«Woher weißt du das?»

«Ich könnte jetzt sagen, dass man in meinem Alter alles durchschaut, aber die Wahrheit ist, dass alte Menschen genauso wenig kapieren wie junge, sie haben es nur aufgegeben, sich darüber ständig aufzuregen. Ich habe einfach deine Blicke gesehen. Ich habe dich ja gewarnt.»

«Ja, hast du.»

«Hast du natürlich nicht drauf gehört.»

«Nein, habe ich nicht.»

«Tja.» Margot hustet und drückt ihre Zigarette schon wieder aus.

«Tut mir leid, dass ich dich so erschreckt habe. Umut meinte direkt, dass das zu heftig wäre, aber ich wollte ...»

Katharina schaut sie an. Und sie weiß es. Sie weiß es, ohne dass Margot den Satz zu Ende spricht. Sie weiß, dass Margot gar nichts leidtut, weil sie weiß, dass sie Katharina ein so großes Geschenk gemacht hat. Das Geschenk zu wissen, dass sie kein bisschen allein ist, nicht einmal einsam. Da sind all diese Menschen, manche kommen, manche gehen, manche bleiben, manche kriechen, manche stehen, manche bringen dich zum Lachen und andere zum Schreien, sie sind alle da, alle acht Milliarden Menschen, und sie ist nicht allein. Dieses kleine Glück, das eigentlich das größte ist, das es gibt, die elementarste Vergewisserung, die wir Menschen brauchen, diese Sicherheit, nicht völlig allein zu sein, die ist das größtmögliche Glück, das wir alle finden wollen, das wir alle suchen und brauchen, um weiterzumachen. Das hat Margot ihr heute mit einer SMS und einem kleinen Plan geschenkt, einfach so.

Die alte, traurige Margot. Wie sie da steht, ganz wacklig und blass im Dezembernieselregen, sie zittert ein wenig und Katharina würde sie gerne umarmen, aber das hier ist kein Happy End, das hier sind nur Margot und Katharina, das hier ist nur ein Dezembermorgen in Berlin, grau und neblig und ein bisschen Regen, das hier ist nicht das Ende, denn so etwas existiert nur in Büchern und Filmen und in der Realität geht es immer weiter, einfach so, es geht so lange weiter, bis das Herz aufhört zu schlagen, bis der letzte Schnaps getrunken und das letzte Weihnachten gefeiert ist, ein paar Runden um die Sonne noch, vielleicht sind es fünfzig, vielleicht nur fünf, wer weiß das schon, keine großen letzten Worte, kein Orchester und kein Chor, nur sie beide hier im Regen.

«Lass uns reingehen, du holst dir noch den Tod», sagt Katharina und hält Margot die Tür auf.

«Na hoffentlich», sagt Margot und wackelt vor ihr in die hell erleuchtete Vorhalle vom Sonnenhang.

Danksagung

Dieses Buch ist voller Dankbarkeit. Dankbarkeit für das Leben und Dankbarkeit für die Menschen, die mich darin begleiten. Es sind Menschen wie Linda Vogt, meine Freundin und Lektorin, die mich immer wieder aufbaut, mich an den richtigen Stellen hinterfragt und an mich glaubt, no matter what girl. Ich danke dir so sehr für all die Jahre, die wir schon miteinander arbeiten, an Büchern, Texten, an uns und daran, diese bekloppte, schöne, wilde Welt zu verstehen. Ohne dich gäbe es dieses Buch nicht, tausendmal danke und noch tausendmal mehr.

Ich danke außerdem Eva Horn, dafür, dass wir nun schon über zehn Jahre zusammen um die Sonne düsen und uns immer noch nicht leid sind, ganz im Gegenteil sogar, mit jedem Jahr mehr liebe ich dich mehr, ich verspreche auch, dich nicht mehr allzu oft in deinem Leben zu überraschen!

Ich danke Franziska Küster, weil dein schönes, sanftes Herz meinen inneren Stacheldraht erträgt, weil du da bist, da bist, da bist, du wunderschöner lustiger, kluger

Mensch, du und unsere WhatsApp-Selbsthilfegruppe haben mich so oft gerettet, bitte bleib immer ein Teil meines Lebens, auch wenn ich wieder aus Versehen Hotelzimmer überflute oder an mir selbst zugrunde gehe, bitte lass uns nie aufhören, Crémant zu trinken und über alles, alles, alles zu lachen, mein Herz.

Ich danke dir, Max Noll, deine Liebe und deine Nachsicht, deine Boomer-Witze und dein Geruch, deine Mario-Kart-Skills und dein Arm, wenn ich ihn brauche, bedeuten mir die Welt und ich rufe auch mal an, ich verspreche es, auch wenn ich immer noch sauer bin, dass du nach Heidelberg gehst wtf.

Ich danke meinen Freund:innen Rebecca Richter, Gunda Windmüller und Bastian Bochinski für all das Lachen, die dummen Witze, die Telefonate, die Dachterrassenmomente und Schach am Pool, ihr seid es, die mich tragen durch alle Zeiten, durch diesen bekloppten Quatsch in meinem Kopf, mein Herz ist voller Liebe für euch.

Ich danke außerdem Ronja von Rönne und Benjamin Maack für diese Nacht, die mich endlich aufgeweckt hat, ihr seid beim kleinen großen Glück so was von mitgemeint.

Ich danke meinen Kolleg:innen Markus Herrmann, Alrun Hegele, Johannes Keil und Janett Stüwe dafür, mir die Zeit und den Raum gegeben zu haben, *Sonnenhang* zu schreiben, und mich in der letzten anstrengenden Phase so unterstützt zu haben mit Nachsicht und Verständnis dafür, dass ich das hier fertig schreiben musste. Danke.

Markus Herrmann danke ich für alles, du weißt eh, was du mir bedeutest, auch wenn du ständig gemeine Memes aus mir machst, haha (bitte hör nie damit auf, Hermi Forelli).

Ich danke meinen Eltern und meinem Bruder dafür, dass ich in der Gewissheit leben darf, eine Familie zu haben, die mich liebt und immer für mich da ist, egal wann, egal warum. Ich liebe euch drei so sehr.

Ich danke Henriette, weil sie rausgefunden hat, was mit mir ist, und ich danke allen Ärztinnen dieser Welt, die Frauen ernst nehmen und ihnen zuhören.

Danke an Daniel Drepper für das Buch *Jeder pflegt allein*, aus dem ich so viel lernen konnte.

Danke Inga für den emotionalen Support und all die Momente, in denen du da bist, obwohl du es gar nicht müsstest, du wundervoller, wichtiger Mensch.

Ich danke schlussendlich, aber nicht zuletzt meinen Freund:innen Anna, Luise, Viktor, Karsten Fuhrken, Nina, Andaras Hahn, Robert Hofmann (Verleger a.D.), Buchi, Pia, Gesa, Sophia und Robert, Caroline Rosales,

Elina Penner und Juliana Rump und allen, die ich vergessen habe (es tut mir leid!), dass ihr ein Teil meines Lebens seid, für jede endlose Nacht, für jede Nachricht, für jede Umarmung, für jedes Lachen über Quatsch.

Ich danke allen Menschen, die dieses Buch gelesen haben und es so sehr fühlen wie ich, danke, dass du mir deine Zeit geliehen hast, ich hoffe, *Sonnenhang* bedeutet dir so viel wie mir. Danke, dass es dich gibt, ohne dich wäre dieser Text nur ein Fragment in meinem Kopf, ohne dich stünde hier nichts.